好人程十髮

鸿逵

智者十发

丁聪

王汝刚 著

上海辞书出版社

目录

十发先生与我们父子合影

自序　十发先生，我对您说……

十发先生，我对您说，两年前，您驾鹤西去的那天，我含泪送您远行。就在那天半夜，我竟梦见您：您独自一人安步当车，在庭院里闲步，走得从容，走得自信……突然间，您的脚下似乎被什么东西绊着了，腿一软，仰头摔倒在池塘里。见状，我大吃一惊，立刻伸出双手想搀扶您起来，无奈手臂无力；我想大声疾呼，喉咙里却发不出一丝声音。很快，池塘边聚拢许多人，有您的亲戚、朋友，更多的是素昧平生的陌生人，大家都想帮助您，把您拉出池塘。无奈水势飞涨，顷刻之间，晶莹的水浪很快没过您的全身。一连串浪花过后，水面上漂浮起一团团花朵，煞是好看：大红的玫瑰、嫩黄的菊花、雪白的莲花以及一些不知名的山间野花，五彩缤纷的花朵渐渐地重叠，把您紧紧地包裹起来，环抱成团，眼看你即将消失在花丛中，我急得大呼："程先生，你慢点走……"花团托着您渐渐离去，唯见鲜花不见您。咦，这些花朵好生眼熟，是了，它们正是您大师妙笔下永不凋谢的奇花异葩。您是美的使者，如今您将远行，鲜花自然陪伴您同行，可是，十发先生，您全然不顾尊敬您、热爱您的亲朋好友吗？一梦醒来，我百感交集，泪湿枕巾。

十发先生，我对您说，您得承认，我是您不会画画的学生。我在您身边十九年，虽无程门立雪之毅力，也有笨鸟先飞的执著，耳濡目染，您的智慧才学使我钦佩，您的人品魅力令我折服，您的足智多谋让我叹为观止。您可知道，您在我的心目中地位有多么崇高。这些年来，我领略您的智慧，目睹您的辛劳，见证您的荣耀，分享您的幸福；同时，我也感受您的痛苦，理解您的无奈，同情您的寂寞。也许这就是上苍的安排，作为您的学生，我有责任告诉世人——大师是怎样铸就的。

十发先生，我对您说，梦醒后，我把这些告诉儿子王悦阳。他说，日有所思，夜有所梦。看来，程十发爷爷在你的心目中依然存在。这样吧，我们俩各写一本书，你把日常生活中程十发爷爷的智慧点滴描绘出来；我把纵横艺坛的程十发大师，用美学观点剖析出来，也算我们父子对程十发大师的一种纪念吧。我赞同悦阳的主意，对他说："这个主意好。我们分头行动吧，我的书名叫《智者十发》，你的书名叫《画家十发》，总名就叫'好人程十发'。"我去北京开会，遇到中国文联副主席、著名书画艺术家冯远先生。我请他为两书题词。冯远先生熟悉程十发，欣然命笔题写"好人程十发"。不胜感激。

王汝刚

2009年7月

十发先生是我的良师益友

19年来,无数次倾心交谈仿佛仍在眼前

“侬好！小毛兄。”

金轮银钩，时光如流，虽然岁月相隔遥远，但是往昔幸福的印象，依然如此清晰和温馨。

此生有幸，我有缘亲近程十发大师。十发先生是书画大家，公认的国宝级巨匠。他善于挥毫泼墨，在五彩缤纷的艺术世界中播撒真善美。他的作品已成为我国乃至全人类文化的瑰宝。十发先生是幽默大师、杰出睿智的学者，他著书立说，字里行间充满真知、乐观、豁达、超脱的精神，他的美学观点广为流传，在大千世界中弘扬人类大智慧。十发先生又是平民艺术家，在芸芸众生世俗生活中极具个性，他才思敏捷，谈吐充满了智慧，言语并不多，却常常在不经意间妙语连珠，使人捧腹大笑而且回味无穷，展现了一代大艺术家独特的魅力。

我对十发先生非常敬慕，自叹不如，愿意当他一名不会画画的学生，蒙他不弃，称我为忘年交。我则对十发先生执弟子礼，自己定位是十发先生的学生。惭愧的是，虽说近朱者赤，耳濡目染，可是，我至今还不会画画，倒是写过一首打油诗聊以自嘲：“程门立雪仰书斋，提笔不敢染青苔。毕竟翰墨熏人醉，沾得几分好色彩。”

屈指数来，我在十发先生身边聆听教诲长达十九年。大师多年来对我的身传言教、耳提面命，让我感念在心。如今，大师驾鹤西去已两年，但是，他的精神永存，他的音容宛在。大恩难报，巨恸连悲，恨自己才疏学浅，无能宏论大师的笔墨世界，拙笔只能记录大师生平琐事，将多年来对大师累积增长的所知所解，凝于笔端，公之于众，虽或挂一漏万，但望弘扬善道，为研究大师高超艺术、梳理大师思想文脉，提供一些浅薄的资料，略表我对程十发先生的无穷敬意和怀念。

我与大师的相知相识可以这样概括：初识大师，缘于一本连环画；交往大师，缘于一句笑话；亲近大师，缘于一幅作品；永别大师，缘于一件衣服。

20世纪60年代，我在上海报童小学念书，平平淡淡读完六年小学课程，顺利地完成了升学考试。暑假里，接到中学的入学通知，我父母看见入学通知很高兴，主动询问我要些什么礼物作奖励。我蓄谋已久，实话实说："邻桌的同学带来一本连环画，下课时低头翻阅，这本书图文并茂，非常好看。因此，这次升学我特别认真，就想考好成绩，让你们奖励我。别的东西我都不要，买一本连环画《海瑞罢官》给我吧。"

《海瑞的故事》选页

父亲二话不说，拉着我就朝新华书店跑去，谁知一连走了好几家都没买到，最后，在老城厢小南门附近的书报亭里，我终于如愿以偿买到了。我把这本"小人书"视为珍宝，包上包书纸，放在自己枕边，看了又看，读了又读。不多时，对于故事情节、人物形象、对白内容，我简直了如指掌，信手拈来。我还牢牢记住了连环画绘制者的大名——程十发。

20世纪70年代末，我离开工厂医务室，参加滑稽剧团工作，从此，跻身文艺界，与海派文化名人接触的机会相对多了。不过，当时我还是个初出茅庐的青年演员，那些蜚声中外的文化名人在我心目中犹如高不可攀的泰山北斗、高山景行的鲁殿灵光。偶尔见面，唯有垂手请安问好，根本谈不上聆听教诲。

有一次，我临时接到通知，去市文联参加一次文化界会议。由于时间紧张、交通不便，等我心急火燎匆匆赶到会场，会议已经开始。我急忙找了个空位坐下，谁知竟然坐在了主宾席。这时，我才发觉，邻座的是上海中国画院院长程十发先生。我不禁又惊又喜：既为自己的唐突而不安，又暗暗欣喜万分，能够近距离仰慕德高望重的老前辈，真是缘分也。我仔细观察程十发院长，他的气质不同寻常，风度翩翩，仪表堂堂，时而侧耳聆听报告，时而闭目静心思索，给人的印象就是一位思想活跃的智者。

小时候的我已是个"程迷"了

主持人宣布散会后，我急忙起身向十发大师问好："程院长，您好！"十发先生朝我一笑："喔，原来是王小毛。侬好！小毛兄。"我不禁一愣：真的没想到，大师竟然也知道王小毛？

1987年5月1日，上海人民广播电台推出了一档新奇有趣的节目《滑稽王小毛》，从此，上海这座城市里多了一个热情、善良、憨厚、嫉恶如仇又助人为乐的公民——"王小毛"。这档连续广播剧，每周播出三集，每集重播两次，星期天播出《王小毛信箱》，也就是说，市民每天下午六时都能听到"王小毛"的声音。由于这档节目构思新颖独特，内容切中时弊，演员阵容强大，因此，很快在上海以及江苏、浙江地区走红。"王小毛"这个虚拟的人物也成了家喻户晓的明星。我是"王小毛"主要扮演者之一，因此，不少熟悉我、喜欢我的观众干脆叫我"王小毛"。没想到此时大名鼎鼎的程十发先生竟然也亲切地称我为"小毛兄"！

我面带愧色对十发先生说："程院长，侬折煞我了，我怎么敢与您称兄道弟。" 十发先生浅浅一笑："勿碍格，勿碍格，四海之内皆兄弟。"我真诚地说："程院长，侬是德高望重。"十发先生从容接口："我是跌跤怕痛。" 我由衷赞叹道："侬介大年纪，卖相哪能介好？"十发先生狡黠地一笑："我介大年纪，侬还忍心卖脱我？"旁观者闻言无不放声大笑。程十发先生敏捷的反应、幽默的辞令，使我自叹不如，甘拜下风，在脑海中留下极其深刻的印象。

十发先生与我总有说不完的话

“欢迎到我屋里来白相!”

1991年夏天,我国南方遭受百年不遇的洪水自然灾害。洪水无情人有情,党中央号召全国人民投入抗洪救灾。上海文艺界积极响应,准备在上海体育馆举行赈灾千人义演、义卖。消息传出后,一批又一批的艺术家和演员报名,要求参加公益活动。

8月18日,上海文艺界千人大义演活动在上海体育馆内拉开帷幕。场内灯火辉煌,精心装饰的巨型舞台,中央悬挂着“灾区在我心”五个闪闪发光的大字。义演会标图案是心型中一双相握的巨手,心型外围呈红色,内层是白色,表达出热血浓于水的寓意。舞台两侧的过道上,整整齐齐摆放着20只大型红色捐款箱;主席台两侧,8部簇新的热线电话机在铺着白布的长桌上等待着热情的捐赠。

根据导演安排,这次募捐活动要进行电视现场直播。为了确保晚上电视直播的效果,全体人员必须在下午走台,带机试录。

那天,体育馆里人山人海,文艺界老中青三代演员登场,阵容空前强大,共计约有1200多人参加活动。刚过中午,各路明星早早来到现场,他们中间有影视表演艺术家张瑞芳、白杨、秦怡、王丹凤等;京剧表演艺术家李丽芳、童祥苓、张南云、王梦云、夏慧华、尚长荣、言兴朋、方小亚、奚中路等;昆剧表演艺术家王芝泉、计镇华、刘异龙、岳美缇、张铭荣、张静娴、梁谷音、蔡正仁等;越剧表演艺术家袁雪芬、尹桂芳、范瑞娟、傅全香、徐玉兰、张桂芳、徐天红、吴小楼等;港台明星则有童安格、罗文……大家分别表演京剧《军民战洪图》、昆剧《八仙过海斗蛟龙》、越剧大联唱《手足情》等。擅长喜剧表演的李天济、仲星火、李家耀、吕凉、姚慕双、周柏春、杨华生、王双庆、吴双艺、陈卫伯、蒋云仙等著名演员合作表演方言诗歌朗诵。

程十发院长不顾年迈体弱,冒着难当的酷暑,亲自带领上海中国画院的著名画家们赶来参加赈灾活动。他们通力合作绘制了巨幅作品,现场义卖,善款悉数捐献灾区人民。

在后台休息室,我看见了程十发院长,他穿着大会统一的服装:白色T恤衫,胸前一行鲜红的大字:灾区在我心——上海文艺界赈灾大汇演,显得神采奕奕,格外精神。我走上前,恭恭敬敬向十发先生问好:“程院长,侬也来啦,辛苦,辛苦。”十发先生笑吟吟地说:“不辛

与十发先生(中)、龚学平书记(右)合影

苦，我们画院的老先生、老同志都来参加了，喏，这位是唐云先生、朱屺瞻先生、谢稚柳先生、吴青霞先生……”面对众多书画大师、名家，我应接不暇，唯有微笑点头致意。

十发先生问我：“今朝你们演什么节目？”我介绍道：剧作家梁定东写了小品《小金库》，内容是灾区洪水泛滥，牵动了千家万户的心。阿王是位怕老婆的人，厂里召开为灾区捐款大会，阿王受到现场情绪的感染，热情如火，主动提出捐献人民币一千元，但是，一摸口袋，才发现一分钱都没有。于是，阿王只得带着工会主席老娘舅到自己家中取钱。怕老婆的阿王是没有正当零用钱的，他的经济来源全靠平常生活中揩油的私房钱，正当阿王从套鞋里、墙角里，东拼西凑，取出小金库里的私房钱时，妻子正好下班回来。她见状追问来龙去脉，阿王含糊其词，企图蒙混过关，谁知欲盖弥彰，越描越黑……眼看小金库东窗事发时，幸亏工会主席老娘舅能言善辩，从中调停，终于化干戈为玉帛。小气的妻子受到教育，居然一反常态，也捐出五元人民币：“喏，再让阿王捐献五元，这是我给阿王面子，也好让他在单位里做做人。”

十发先生听我介绍剧情后，哈哈大笑，颇感兴趣地问：“这个节目听起来蛮好，你们哪几个演员表演？”我介绍说：“我扮演阿王，张小玲扮演妻子，李九松扮演老娘舅。”十发先生热情地鼓励说：“正式演起来一定更加好。其实在生活中，可以提供创作的题材蛮多，这个节目与抗洪救灾的内容结合得蛮好的，不容易。”

那天，演出现场自始至终洋溢着人间真情，谱写着爱的赞歌。一曲曲深情的颂歌、一段段动人的舞蹈、一份份热心的捐赠，无不寄托着上海人民对灾区同胞的赤诚之心。

赈灾活动圆满完成。结束时，我与十发先生分手道别，十发先生对我发出邀请：“欢迎到我屋里来白相！”

“对不起，我是急性子。”

面对程十发先生的盛情邀请，我受宠若惊。其实，从内心来讲，我何尝不想亲近大师？何况，我脑海里酝酿着一件事，还得有劳十发先生公断呢。

我的父亲王新祥，以前曾经开设茂泰兴营造厂，专门从事承接房屋建造和仿古家具的制作。因为与职业有关，父亲喜爱收藏工艺品和字画。童年时，我家居住在一幢石库门楼房里，楼下的客厅完全按照中国传统摆设布置，全部是雕花太师椅、琴桌等红木家具。印象中，有件家具名叫“拼圆”，特别有意思，平时这两张半圆的桌子，分别安置在左右对称的墙角，一旦需要，立即可以天衣无缝合成一张大圆桌。客厅的墙上总是悬挂着书画作品，这些画轴平时放在书房，逢年过节，父亲会挑选几张应景的作品来更换。谁也没有想到，十年“文革”中，我家整幢石库门楼房被人抢占，全家人被迫扫地出门，所有的工艺品、字画被洗劫一空……

好不容易盼得“文革”结束，父亲“莫须有”的罪名全部推翻，恢复政治和生活待遇。抄家单位通知我们去认领书画，父亲喜出望外，带着我去领取被抄去的书画，谁知，库房里只有几张被人挑剩的破画，父亲气得拉着我空手而归。

有位多年好友，他知道我为失去书画而痛心，就安慰我说：“有人送我一幅国画《牧马图》，从作品风格来看，似乎是程十发的手迹。但是，作品没有署名，也没有盖章，真假难辨。现在我把这幅画送给你，至少能让你画饼充饥，望梅止渴。”我感谢朋友的深情厚谊，收下了这幅画，一直妥善地珍藏在家里。

多年来，我有个心愿：请个鉴定家来考证这幅作品的真伪。当然，若是能让程十发先生亲自鉴定那就更好了。但是，我也知道，普通老百姓想要接近大师级人物，谈何容易。

苍天不负有心人，终于，事情发生了转机：某天，我在路上遇到一位多年未见的好友姚逸之。我和姚逸之有“三同”：第一年龄相同，两个人都属龙；第二住址相同，曾同住一条弄堂；第三经历相同，“文革”后期，我们两个人都因为家庭出身的问题遭到冲击，同赴江西农村插队落户。

江西地域宽广，我和姚逸之并不在同一处插队，只是回沪探亲时才能见面。姚逸之从小喜欢美术，下乡后仍勤奋作画，后来，他不凡的绘画才能终于被江西省人民出版社发现，借调他担任美术创作员。经过努力，他又考上了大学，毕业后，在上海一家报社任美术编辑，对美术界情况比较熟悉。当我对好友倾诉心愿时，姚逸之竟笑着说："老兄，你莫不是在摆噱头？难道你真的不知道在下正是程十发先生的学生？"我喜出望外，请他帮忙引见。姚逸之答应可以帮忙，但是不可限定时间，因为十发先生的工作实在繁忙，他不仅担任上海中国画院院长，还是全国政协委员、吴昌硕艺术研究会会长、西泠印社副社长等等，社会活动很多，确实难有空暇会客。

在我几次催促下，姚逸之总算与十发先生预约好见面的日期。1991年的一天早上，逸之与我兴冲冲来到吴兴路十发先生府上，门铃响，小保姆出来告诉逸之："程先生一早起身就在等你们，眼看你们没来，他这才匆匆赶往松江办理急事。不过，程先生留下话，若是姚逸之陪客人来访，可到松江修竹远山楼见面。"姚逸之告诉我："十发先生在家乡松江的住处即修竹远山楼。"我是个急性子，对逸之说："既然程先生有话，让我们去松江见面，那还等什么，走吧。"可是，当我们驱车赶到松江时，看门的老伯伯却告诉我们："程先生说，恐怕家中有人等他，必须要赶回去。因此，在这里取了东西，连口茶也没喝，就赶回市区了。"于是，我与逸之马不停蹄，再赶回上海市区，真可谓"一波三折，好事多磨"。此时，我的心里很内疚，看来十发先生的确事务繁忙，我真不应该去打扰他。

当我们再次赶到吴兴路程府时，十发先生已笑容可掬地亲自出门迎候，他热情地说道："欢迎，欢迎'王小毛'来作客。"这时，十发先生的夫人张金锜也闻声走到客厅："双方都走岔路了吧？其实，你们不要走来走去，坐在这里等就可以了，程先生是急性子，他出门很快就会回来的。"十发先生接着夫人的话说："对不起，我是急性子。"

我忙回答："不碍，这条路我也是经常走的，我的外婆家就在金山廊下。"

十发先生深感意外："喔唷，我的祖居是金山枫泾，你的外婆家

初登程门

观十发先生作画

在金山廊下，看来我们有缘分，还是乡友啊。”

程师母亲自为我们端上香茗，还有四只果盘，果盘里装的是牛皮糖、玫瑰瓜子、糖莲心等传统茶食，她热情地招待我们：“不要客气，吃点东西，都是些土产……”

姚逸之催我：“程院长很忙的，你赶快把画拿出来给他看呀。”我心里有些紧张，怕十发先生笑话，一边取出那幅画，一边先打招呼：“我怕这幅画是假的，让程院长见笑。”十发先生笑眯眯地鼓励我：“没有关系，让我看看，如果是假的，我就画一幅真的给你。”于是，我怀着忐忑不安的心情，取出画卷交给十发先生。

十发先生取下眼镜，屏息凝视，仔细端详《牧马图》。然后，他重新戴上眼镜，显得有些激动，用肯定的口吻说：“这张画是我画的。”他转身对程师母说：“这张画画得蛮早的，算起来是三十三年前的了。”程师母快人快语，直爽地说：“既然是真的，那你写几句话，补上图章，也好让王先生放心。”

十发先生再次端详作品，略加思索，提笔写了几句耐人寻味的话：“此乃余旧时习作，转眼已三十三年，中间几度劫难，尚留于世，汝刚先生保存无损，感谢，感谢！”盖完章，十发先生把画卷交还我，开玩笑般地说：“我还要再画一张作品送你，作为你藏画多年的‘利息’。”分手时，程十发先生和师母亲自送我们到电梯，并且热情地对我发出邀请：“欢迎侬，常来坐坐。”

虽说初次会见大师，但是，彼此都没有距离感，大家言语投缘，交谈甚欢。蒙十发先生不弃，视我为乡友，从此，我名正言顺，成为三釜书屋的座上客。

“侬欢喜看书？蛮好。”

1991年，我曾创下一年五百多场的演出纪录，加上还要学习开会、外出访问等，实在忙得不亦乐乎，因此，大家都叫我“忙人王汝刚”，结果，出现健康问题，由于身体严重透支，只得住院治病。

当时，我正在演出大型滑稽戏《明媒争娶》，在剧中，我反串扮演媒婆杨玉翠。戏上演后，受到大家欢迎，黄佐临、余秋雨、沙叶新等专家学者都给予好评，票房价值也颇高，出现“一票难求”的现象。

我躺在医院里接受治疗，《新民晚报》著名记者陈竹来采访，她问我：“王汝刚，你现在最想什么？”我告诉她：“最想的是广大观众，他们买了《明媒争娶》的戏票，却看不到戏，我深感内疚。”陈竹当晚就写了文章，发表在第二天的《新民晚报》，透露了我生病住院的消息。

谁知这个消息传开后，剧场门口每天总有许多热情的观众来打听我的病情，还有不少观众索性来到医院探望我，并且给我送来了鲜花、剧照、玩具等礼品。文艺界的朋友也专程来慰问我，最让我意想不到的是，电影表演艺术家白杨老师也亲自来医院看望我。本来，医院领导怕探望我的人多，影响我接受治疗，派了护工负责控制进出病房的人员，看见大艺术家白杨来到眼前，一贯伶牙俐齿的护工竟然语无伦次起来：“您怎么也来看他？”白杨老师言简意赅，说了句令我终生不忘的话：“我不看他，谁看他？”

面对大家的深情厚谊，我流下了两行热泪。这眼泪不是为了自己的病情而伤心，而是被大家的关心而深深地感动。这些年来，多蒙领导、专家、观众的厚爱，我成了江南家喻户晓的笑星，各种演出和片约纷至沓来，演大戏、演小戏、拍电影、做广告，每年演出场次都在四百场以上，而且从不漫天索价。有人劝我：“你应当注意保重身体，懂得选择舍取。”可是，面对众多的真诚邀请，我总感到情面难却，很少回绝他人。虽然博得了不少荣誉和好名声，毕竟盛名之下，力不从心呀，难怪这次会病倒了。经过医生精心治疗，我的病情很快得到控制，医生要求我出院后还要静养一阶段，才能真正恢复健康。

出院不久，就是猴年新春。年初五早上，我家的电话铃就响了，我对妻子开玩笑：“看来今年要交好运了，一大早财神爷就来电话了。”说罢赶忙去接电话，没想到电话是程十发先生的女儿程欣荪大姐打来的："新年好，你们上午在家么？我爹爹说，今天上午想来看望你们。"放下电话，我激动得一时不知干什么好，真没想到大师会光临寒舍。

十点刚过，十发先生在欣荪大姐以及一位朋友的陪同下来到我家。他开口就说："知道你住医院，我心里蛮担心。很想来病房看你，又生怕影响你养病。现在你出院了，恢复得还好么？"我忙让贵客落座，这才告诉十发先生："这次主要是胃出血，病情来势汹涌。经过医生的治疗，现在已经好多了。请先生不必为我担心。"十发先生微笑着点点头，随即环顾四周，开口说道："侬全家三口人，房子住得不大啊。"我告诉十发先生，"文革"前我们全家独住一幢石库门房子，"运动"中被扫地出门，赶到一个小阁楼居住，现在算是落实政策，被分配在这里安置，一共只有两间房间，一间卧室，另一间作书房。十发先生关切而真诚地说："看来，住房还是很困难的。"我告诉他，儿子平常住读，星期天回来，他和妈妈睡床，我则打地铺。十发先生同情地摇摇头。

在我的书房里，十发先生忽然发现堆放着许多纸盒，他风趣地

十发先生来我家

说:“想不到你们家还开超市啊。”我红着脸答道:“不,我喜欢读书,这些纸盒里放的都是书。”“侬欢喜看书?蛮好,蛮好。”

初会十发先生时,他曾对我承诺,要画一幅新的作品给我,作为我藏画多年的“利息”。我一直以为这是大师的戏言,万万没有想到,就在十发先生离开我家之时,竟然轻描淡写地说:“初次登门,我没有什么礼物好送。送你张画吧。祝你早日恢复健康。”欣荪大姐边从包里取画,边说道:“今朝爹爹一早起来,特意画了这张画,叫我陪他一起来送给你的。”我激动地接过画卷,打开一看,那是一幅人物画,上面画的是古代滑稽老祖宗东方朔。只见他端坐画中,满脸笑容,一旁是只手捧仙桃的金丝猴,画旁还题诗一首:“千年东方朔,仙桃不必偷。只须家中坐,代劳召金猴。”言语虽简洁明了,关切之情却洋溢画幅之外。

真没想到,十发先生只到过我家一次,竟然对我住房困难的印象这么深。大约半年后,十发先生告诉我:“中青年知识分子住房困难的问题,已经得到领导的高度重视。告诉你一个好消息,今天中午市委领导吴邦国同志与我见面,也谈到了你的住房问题。我当即报告首长:‘我曾经去过王汝刚家,我可以证明,他的住房确实很困难。’” 十发先生平淡的几句话,使我心中像吃了蜜糖一样甜。

不久,在领导的关心下,我的住房问题得到了妥善解决,一家三口高高兴兴乔迁新居。而对吴邦国首长和程十发先生的感激之情,更可谓难以言表、没齿难忘。

“拜托，替我照顾好吕蒙同志。”

壬申年元宵节，十发先生送给我一张请柬，邀请我和上海中国画院的画家们同去松江参加元宵笔会。他还亲自打电话给我：“身体好点吗？养病也不必一天到晚睡在床上。倒不如外出走走，散散心。”于是，我愉快地接受了邀请。

这次元宵笔会的活动内容很丰富，我和画家们先去参观了松江博物馆。走进博物馆大厅，迎面而来的就是气势逼人的六扇大屏风，上面雕刻的内容是1986年程十发先生书写的晋代大文豪陆机的传世名篇《文赋》。“陆机就是《三国志》里东吴名将陆逊的孙子，书法史上有名的《平复帖》是他写的。京剧《除三害》中教育周处改邪归正的也是他。这位能文能武，非常了不起的老先生正是我们松江人。”十发先生不无自豪地介绍道。步入展厅，陈列着许多松江地区的出土文物，深厚的文化底蕴、精美的手工制作，令人大开眼界。我和画师们的想法一样：“搞艺术一定要下生活。”

中午，在十发先生的安排下，大家享用了一餐具有浓浓松江风味的地方土菜。塘鲤鱼烧咸菜、红烧肉、发芽豆……所费不多，却鲜美无比。十发先生意犹未尽地说道：“这些都是我小时候常吃的下饭菜，尽管半个多世纪过去了，但家乡口味却还是那样吃不厌啊！”

与十发先生一起参观松江博物馆

回到休息室，宽敞明亮的房间内早已铺排下了笔墨纸张，等待着画院的艺术家们挥毫泼墨。众人力推十发先生首先开笔，只见他气定神闲，大笔饱蘸胭脂，挥洒自如。不一会，一枝富贵高雅的牡丹花跃然纸上，活灵活现，仿佛迎风飞动，枝叶乱颤。众人不禁拍手叫好。随后，画院的艺术家纷纷在画上落笔，一时间，兰竹辉映，桃李争春，煞是精彩好看。“外行看热闹，内行看门道”，我是美术的门外汉，请教在一旁的花鸟画名家吴玉梅老师：“吴老师，请问这开笔有何讲究？”吴玉梅老师耐心地向我解释道：“开笔与你们唱戏不同，唱戏是龙套先上场，然后主角再出场。画画开笔却是要请德高望重的老画家首先挥毫，众人才接着上场，所谓八仙过海，各显神通。最后仍由这位开笔的老画家收笔完成。”我惊讶地问：“如此说来，开笔的先生一定要有统筹全局的能力？”吴老师说：“这个自然，要不然会出洋相的。”没想到吴老师话音刚落，只听见一声“啊哟”的惊叫声。原来，一位红脸汉子接过画笔，不假思索地走上前，竟在十发先生画的牡丹之下，画了一条大大的鲤鱼！看见这等鲁莽的行径，众人不禁倒抽一口冷气，难怪会发出惊叫声。按照常识，花卉生长在陆地，鱼儿游动在水里，这水陆两物如何能够贸然放在一起？顿时，现场气氛紧张。众目睽睽，且看这张作品如何收场。画笔又回到十发先生手中，只见他眉头微微一皱，提笔在砚台上撇两下，旋即胸有成竹，挥起大笔，一鼓作气在牡丹与鲤鱼间画了条粗粗的墨线，顺笔逆转，又在牡丹花旁补上一块玲珑山石。霎时间，画家笔端，风起云涌，水岸相隔，泾渭分明。我看得口瞪目呆，不禁带头拍手叫好！眼看一场难以收尾的尴尬局面，在十发先生的巧思妙笔之下，皆大欢喜，成功地化成了一幅传世佳作。

在这次活动中，我还发现年逾古稀的十发先生，始终关心着一位坐在轮椅上的老人，不时嘘寒问暖，关心备至。中午聚餐时，十发先生恭恭敬敬地请老人夫妇坐在主桌，还不时地为行动不便的老人夹菜。孤陋寡闻的我请教了吴玉梅老师才知道，那位老者就是画院的老领导吕蒙同志。在程十发的人生道路上，吕蒙是一

十发先生(右一)与吴玉梅老师(右五)等参加笔会

位对他产生很大影响的人物。

1949年，失业在家的程十发受毛泽东同志《在延安文艺座谈会上的讲话》的感召，主动来到天马山下，感受那里开展得如火如荼的土地改革运动。在参加了几次“农民同地主讲理大会”，亲眼见到了“土改”斗争的情形后，他创作了平生第一幅年画《反黑田》。在新中国建立初期，这类反映新中国火热生活题材的作品并不多，因此，当程十发作为年轻的创作者将此稿投给出版社时，很快就被采用了，这使程十发受到很大鼓舞。他开始更加主动地深入生活，不断地创作类似的作品，接连向出版社寄去了《喜缴胜利粮》、《中苏人民友好万岁》等作品，引起了时任华东人民美术出版社领导吕蒙同志的关注。吕蒙在这些作品中看出了作者的政治热情、艺术敏感与非凡才气，于是，本着“不拘一格降人才”的思想，吕蒙大胆地安排当时并没有创作经验的程十发

程十发(右一)与吕蒙(右二)、曹简楼参观杨浦大桥

加入了国家出版社，担任美术创作员，专门从事连环画、年画的绘制。这对于一个已经失业整整五年的青年人而言，是何等的肯定与信任！正是有了吕蒙这位“伯乐”，从此，程十发这匹“千里马”才有了驰骋的空间，开始了自己美术创作的新天地。饮水思源，因此，程十发终身对吕蒙心存感激。

四十多年后，程十发和吕蒙的生活状况发生了变化。吕蒙已经离休，虽说仍然担任上海中国画院名誉院长，可是身体不佳，长期在家养病。而程十发则挑起了画院的领导重担，事业、声望如日中天。然而，他对因病偏瘫的老领导吕蒙却仍然不改尊敬，始终照顾有加。每逢画院有重大活动，程十发都不会忘记邀请吕蒙夫妇参加，并安排专车接送。我亲眼看到，就在这次松江笔会上，他知道吕蒙平时喜欢吃蹄膀，特地让人准备好两只红烧蹄膀，临别时送给吕蒙夫妇，并且一再关照画院工作人员：“拜托，替我照顾好吕蒙同志。”

“这叫花为媒。”

曾经在十发先生府上见过两盆梅花，主干弯曲，苍劲有力，一盆花色粉红，另一盆花色浅绿，香风熏人，趣味别致。十发先生告诉我：“这是一位台湾朋友送给我的，他感谢我为他做媒。”我大惑不解：“程先生，你为人家做媒是好事，人家应当送你十八只蹄膀（沪上风俗，结婚谢媒送十八只蹄膀），怎么只送给你两盆梅花？” 十发先生哈哈大笑：“我不是为人做媒，这叫花为媒。”

原来1989年，十发先生家里来了位客人，名叫李锦昌，自称种梅高手，家住台湾宜兰地区。在当地，提起李锦昌是何许人，知道的或许并不多，但只要提起“胡须梅”，那就基本上家喻户晓了。李锦昌告诉十发先生，以前，台湾没有人专门种植梅花，只有在苗栗地区的高山上才能找到自生自灭的野梅花。国画大师张大千生前非常喜欢梅花，曾经到台湾南庄山区探野梅，与李锦昌不期而遇。张大千大师鼓励李锦昌把山上的野梅移地种植在自己的农园里，李锦昌听从大师意见，开始试验种植梅花。但是，起先台湾人对梅花根本不了解——其实梅花需要天寒，只有天气越寒冷，才越会茁壮成长。而台湾的气候温暖多雨，对栽种梅花明显不利，因此，李锦昌连续四五年栽种梅花，全部没有存活。他不仅损失了钱财，而且家人和朋友都不理解他，看不起他，甚至骂他是“梅

与十发先生和师母赏梅

痴”。一气之下，李锦昌义无反顾离开台湾，只身来到大陆种植梅花，这两盆梅花就是他栽培的成果。

十发先生听了李锦昌的介绍很感动，对他说道：“感谢你给我送来梅花，不过，梅花种在花盆里，时间不会长久，应当把这些梅花种植在公共绿化的土地上，才能根深叶茂，长势良好，让更多的人欣赏这些美丽的花朵。”李锦昌激动地对十发先生说：“我们真是不谋而合，所见略同。不瞒您说，我就是有这种想法，因此来拜访您，您是海峡两岸崇敬的文化名人，希望您能够以花为媒，牵线搭桥，传递海峡两岸人民的情感。”

十发先生一直喜爱梅花，他不少书画作品就是以梅花为题材的。李锦昌的话使他想起了上海莘庄公园。莘庄公园位于上海闵行莘庄地区，这家公园占地面积不大，但设计者匠心独具，充分运用江南园林玲珑小巧的特点，借景移景，建筑得十分出色。可贵的是，园内有数十株梅花，疏疏落落，花开重瓣，花色翠绿，这就是名贵花卉品种“绿梅”，为此，公园也改名“绿梅公园”。每年三月，绿梅含蕊开放，香气扑鼻，游人如云，无意间形成远近闻名的上海“香雪海”。十发先生曾带领过学生去欣赏梅花和写生，因此印象很深。

莘庄公园虽然号称沪上的赏梅胜地，但是不过才几十株梅花，难形成花团锦簇的气势。并且因缺乏栽培管理技术，尽管园方煞费苦心栽培保养这些梅花，但是，事与愿违，梅花长势并不理想，甚至出现衰败枯黄的现象。

正当园方一筹莫展之际，上海县县委办公室打来电话，告诉他们，时任上海县县委书记陈士杰同志将到莘庄公园视察，并专程介绍一位台湾的种梅高手到公园传经送宝，不仅帮助公园培植梅花，还要送一批台湾的梅花来公园扎根。而促成这件好事的，正是程十发先生。

原来，十发先生经过深思熟虑，愿意成人之美，为莘庄公园移花借木，巧结梅花缘。于是，他亲自提笔，向陈士杰书记写信推荐：“士杰书记大鉴：您好，前谈及台湾李锦昌先生与莘庄梅花

为莘庄公园题字(后左一为李锦昌)

结亲之事，今李先生来沪趋前拜访，请百忙中赐洽为成，即颂，夏安。程十发，一九九二年五月十四日。各位领导代问候。”下面又添一行小字：“因我有会议，不能同行，为歉。”

经过陈士杰书记的关心、十发先生的努力，“胡须梅”李锦昌终于如愿以偿，把台湾的梅花种植在大陆的土地上。从此，李锦昌干劲更加足了，他还在大陆江浙一带的高山上寻找珍稀梅花，带泥移植到台湾，为加强两岸文化交流、保护环境、种植绿化作出了贡献，还得到有关领导的嘉奖。

李锦昌异常兴奋，把这些工作成就向十发先生汇报。十发先生也为李锦昌感到高兴，特意邀请李锦昌在家吃饭，并且要儿子程助和孙子程骅代他向李锦昌敬酒。

如今，台湾“胡须梅”种植的梅花已成为品牌，在上海豫园、台湾故宫博物馆等都有种植，充分发扬中华传统梅花文化，彰显两岸同胞的血脉亲情。

1992年春天，程十发先生与张金锜夫人热情地邀请我和太太一同前往莘庄探梅。望着满园芬芳的梅花，十发先生欣慰地笑了：“前人栽梅后人香，看来，这个媒，我是做对了。”

历经严霜摧折，芳香依然，梅花的精神可歌可颂，而十发先生为两岸人民的文化交流作出的贡献，也足以谱写一篇动人诗章。

“一只宝塔，放在蒸笼里。”

1993年秋季，我随剧团去浙江舟山群岛一带巡回演出，受到广大观众欢迎。当地政府十分热情，安排我们游览素有“海天佛国”之称的普陀山。

普陀山奇石嶙峋，古树参天，金沙绵延，潮音不绝，不愧为千古观世音菩萨道场。可惜经过“文革”浩劫，庙宇被毁，佛像陈旧，百废待兴。所幸党和政府对宗教政策非常重视，花巨资修复海岛古迹，经过努力，已经初见成效，普陀山呈现出一片欣欣向荣的景象。

我们剧团的演员经常出现在电台、电视台，因此，游客对我们很熟悉，热情地要求我们签名、拍照留念。来到寺庙游览，宗教界人士看见我们这几张熟面孔也很客气，取出收藏的珍贵文物，让我们大开眼界。

回沪后，我与十发先生谈起“海天佛国”重振道场的气象，他听得很有兴趣，表示希望有机会去普陀山旧地重游。随后，他话锋一转，郑重其事地问我：“过两天，侬阿有空？我想请侬到松江去，看一件寺庙里的宝贝。”我眼前一亮，忙问：“是什么宝贝？”十发先生故意卖关子，笑眯眯地说：“我也学学说书先生，现在不说，到辰光，你自然就会晓得。”我再次追问，十发先生经不起软磨硬泡，只得来个“节目预告”，他神秘兮兮地说：“一只宝塔，放在蒸笼里。”

“什么？宝塔能放在蒸笼里？这不是天方夜谈吗？”我满腹狐疑回到家中，找出《松江县志》翻阅起来。据记载，松江西林禅寺原名“圆应接待院”，始建于南宋时期，明洪武二十年重建，改名“西林禅寺”。寺院内有七层宝塔一座，经多次修建，尚存于世，即“西林塔”，为明代建筑，塔高46.9米，是现存上海古塔之最。至于那座“放在蒸笼里的宝塔”，则没有只字片语的介绍。

几天后，我如约来到程家，与十发先生同车前往松江。高速公路修通后，从十发先生家到松江十分便捷。车过卖鱼桥，就是青砖黄墙、琉璃宝殿的西林禅寺。十发先生招呼我：“喏，请看放在蒸笼里的宝塔。”我把头伸出汽车窗外，抬头一看，不禁放声大笑起来：“不错，这座宝塔是放在蒸笼里，不过目前还没蒸熟，尚未出笼呢。”原来，古塔尚在修复中，塔身完全被毛竹脚手架包裹起来，十分形象地如同

十发先生(左)拜会妙生法师

“宝塔放在蒸笼里”。十发先生介绍说:“政府拨款修复西林塔,菩萨也蛮给‘面子’。修复时在塔顶的宝瓶内和地宫中发掘出七百多件鎏金佛像、经书等珍贵文物。真是宝货交关啊!”

踏进山门,我感到意外,发现庙里进出的人群中既有善男信女、僧尼居士,还有不少穿解放军制服的军人。十发先生见我疑惑不解,主动解开谜底:“‘文革’中,幸亏此庙被解放军部队作为营房,不然的话,恐怕片瓦无存啦!想不到吧?这个寺庙还算是个‘军管单位’哩!真要好好谢谢解放军叔叔!”我向解放军借了顶军帽,十发先生接过帽子,端端正正戴在头上,我赶快取出照相机,拍下一张难得的珍贵照片。

踏进山门,就是寺庙大殿,上悬巨幅匾额,写有“大雄宝殿”四个字。十发先生抬头仰望,若有所思。我以为他眼力不济,就说:“这是中国佛教协会会长赵朴初先生题写的。”“赵朴老是佛学专家,学问好,字也写得好。记得几年前,有座尼姑庵修复大殿,当家师太托人找我,口头委托,要我写‘大雄宝殿’四个字。我想,这是件好事呀,一口答应了。可是书写时,却不敢轻易落笔,心想:啊哟,当家师太委托我写四个什么字呀?好像是‘大雄宝殿’,不对,和尚庙里可以写大雄宝殿,尼姑庵堂也称大雄宝殿吗?似乎应该写‘大雌宝殿’比较合适……哈哈。当时应该请当家师太写个条子，也省得我临时动脑筋。”十发先生不紧不慢一席话，逗得大家笑个不停。

我们踏进大雄宝殿，瞻仰庄严佛像。一位四十出头的中年妇女，朝我们一打量，突然大声咋唬起来：“哎呀，哎呀，难怪呀难怪，今天一早，菩萨面前点的烛火一直跳个不停。常言道：烛花跳，贵人到，原来是程十发大师和王小毛一起来啦……菩萨显灵啦。欢迎，欢迎……多付点香火钱……阿弥陀佛……”这位妇女口吐莲花，滔滔不绝，她自称是佛教信徒，每天来庙里做义工。看她讲得天花乱坠的样子，十发先生悄声对我说：“这位是关公老爷的妹妹——公关小姐！”那妇女继续喋喋不休地说：“西林寺正在修复，需要大量资金，希望你们这些善男信女多发善心，多多捐款。”十发先生一语道破：“这个是在帮菩萨拉赞助。”

走到大红功德箱前，十发先生停住了脚步，原来箱子上一行字“帮困助学金”吸引了他，十发先生转身吩咐随行的女儿：“欣荪，我们也献上一份爱心，帮困助学也是发菩提心啊！”在十发先生的感召下，我们一行人都尽了心意。

穿过长廊，来到偏殿，俗称“五老爷殿”，内供五尊肤色不同、形态各异的神像。十发先生主动当起了导游：“松江文化底蕴深厚，县

佛门谈禅

城附近原来有五座小庙，分别供奉关帝、张飞、包公、杨老爷以及施老爷这些地方神。多少年来小庙香火一直兴旺。‘文革’中，庙宇被破坏，神像被拆毁，但是，仍有不少信徒偷偷地在原址的废墟上烧香拜佛。现在恢复宗教政策，信徒要求修复庙宇，重塑金身。政府部门采纳群众意见，只是经费有限，‘住房紧张’，恢复五座庙宇不切实际。因此，就只能在西林寺内建起了一间‘五老爷殿’，把几位老爷供奉在一起，分享人间香火。这样既可满足信徒需求，还便于统一管理。谁知大殿修好了，老爷神像也塑好了，又产生了难题，这五尊各自为政的老爷如何排定座次呢？有人主张按年代排序，有人主张按地位排序，有人主张按灵验程度排序，真是令人大伤脑筋。后来有人想出办法，干脆按肤色排序：包公与张飞是黑面孔，‘合并同类项’坐在一起。杨老爷与施老爷是白面孔，‘优化组合’坐在一起。关帝出生在汉朝，资格最老，而且是红面孔，与众不同，理所当然居中而坐。”十发先生有声有色的介绍引起了我们极大的兴趣，走进大殿一看，果然如此，不由得拍案叫绝：天下到底聪明人多。

西林禅寺方丈原在市区开会，闻讯大师随喜寺庙，匆匆赶来会晤。时近中午，和尚一再邀请十发先生在庙里用素斋。十发先生婉言谢绝。于是，和尚将我们一行送出寺院，合十告别，皆大欢喜。

在回程车上，我不无惋惜地说：“程先生，和尚留你吃素斋，你为什么不答应？吃素对身体有好处呀。”十发先生认真地说：“这几天报纸上说，连续大雨，蔬菜减产，价钱涨得厉害，我们不吃蔬菜能吃荤菜，和尚就不行啦。唉，蔬菜涨价，和尚是首当其冲呀，我们就不要轧闹猛啦。”

"蝶恋花。"

程十发先生喜爱昆曲，甚至爱得有些"痴迷"。他谈起昆曲称得上了如指掌、如数家珍，许多舞台形象简直就活在他的心中："昆剧唱词很美，富有文学性，充满诗情画意，能启发我的创作灵感。你看，在《刀会》中，关老爷自荆州至东吴驾舟东下，迎着一轮朝阳，看见被旭日染红的江面，想起二十年前的英雄豪迈，发出这是'二十年流不尽的英雄血'的感叹，这种联想实在形象极了，简直是个性化的诗句。再如《痴梦》里的崔氏，从梦里做夫人的幻想回到现实，张目四壁，只有'破壁残灯零碎月'。这'零碎月'三字令我倾倒。作者不直接写当时环境是屋漏窗破，满室萧索，而用零星洒在地上的月光表现气氛，真是妙在不言中。"

因此，十发先生绘制戏曲人物特别生动传神，就拿《虎囊弹·山亭》来说，鲁智深叉腿扬手，目光炯炯，仿佛正在张口叫喊"卖酒的！"活脱脱把一个鲁莽的花和尚形象描绘得淋漓尽致，呼之欲出。

1981年，昆曲泰斗俞振飞双喜临门，一是老人家八十华诞，二是他从艺六十周年，真是耄耋之年，喜逢盛事。文化部、中国文联、中国剧协、上海市文化局、上海市广播电视局等二十个单位共同举办隆重的纪念活动：召开祝贺大会、举行祝贺演出、举办俞派艺术研讨会、出版纪念画册及《振飞曲谱》等等。这次庆贺活动时间之长、规模之大，在中国戏曲史上是罕见的。官方活动结束，俞门子弟、亲朋好友意犹未尽，大家携带生日礼物，为俞老举行祝寿酒会，再次把庆贺活动推向高潮。活动当天，唯独十发先生携着夫人空手赴宴。众人疑惑不解：程院长素来礼数周全，今日却不知他葫芦里卖的什么灵丹妙药。

酒过三巡，十发先生起身说道："今日是俞振飞大师的寿诞，我作为乡友，沾光不少。为了表示祝贺，我想同俞老合作一幅画，以作纪念。"俞振飞大师拍手称好："十发偕夫人亲自赴宴，老夫已觉愧不敢当，如有意留下墨宝，喜煞人也。不过老夫画技平平，只会涂几笔兰花。"十发先生笑道："俞老谦虚了，您不仅兰花画得好，而且是'种兰花'的好手，你的一生为昆曲舞台培养了多少人才呀。"此时，早有人在一旁铺开宣纸，恭请俞振飞大师率先开笔。俞老神清气爽，提笔泼墨，未久，一株灵动多姿的幽兰跃然纸上。十发先生接过画笔，在

程十发夫妇(左一、左二)与俞振飞夫妇共同欣赏《蝶恋花》

兰花上方画了一只五彩的蝴蝶,并落款:蝶恋花。十发先生解释说:"我毕生酷爱昆曲艺术,昆曲犹如兰花,我好比那只蝴蝶,将永远依恋着昆曲这朵清气四溢的幽兰。"一番话引得众人拍案叫绝。

对于被称为"百戏之祖"的昆剧,十发先生不仅爱听爱看,而且还与昆剧表演艺术家来往颇多,感情笃厚。上海昆剧团几代艺术家都把程十发先生视为难得的知音。俞振飞大师与十发先生是松江同乡,相交相知长达数十年;蔡正仁、计镇华等艺术家与十发先生则亦师亦友,引为知己。每当他们举办个人专场演出或研讨会时,十发先生总是逢请必到,著文绘画,高度评价他们的表演艺术以及对昆剧所作的贡献。记得岳美缇演出全本《牡丹亭》时,十发先生不仅为其精心绘制了一把《依梅傍柳图》的泥金扇面,还为她出主意:"你扮演的这个角色是柳梦梅,因此,不光手里拿的是梅花扇子,服装上也要绣出各种各样的梅花,这就叫'讲究'!"岳美缇茅塞顿开,采纳十发先生的金点子,在柳梦梅的服装上增加了绚丽多姿的各色梅花。当岳美缇穿上这件匠心独具的舞台服装出场时,全场观众掌声雷动,一致反应:果然"这一个柳梦梅与众不同也"!而对于张军、沈昳丽等小字辈演员,十发先生也备加爱护。张军首次举办个人表演专场时,十发先生不顾重病在身，在病榻上题写贺词，以为鼓励：“昆剧振兴落在你们第三代手中了，要加倍努力啊！”可以说，“上昆”建团以来，凡是相关说明书、封面、电视片头、礼品上的字画，几乎都是出自十发先生的慷慨赠与。就连梁谷音、计镇华两位艺术家演出《蝴蝶梦》时，台上挂的那幅庄周画像，也是十发先生的亲笔之作。他总是开心地说：“这是昆剧看得起我，也是我和昆剧有缘！”

2000年，上海昆剧团几代艺术家赴台湾表演，弘扬昆剧艺术。十发先生主动提出与儿子程多多合作，为每一位艺术家送画扇一把，以供舞台演出之用。在当今书画价格飙升之际，能有这样的大手笔，足见老人对昆剧感情之深。

作为当代书画大师的程十发先生对昆剧如此钟情和热爱，令上海昆剧团的艺术家们感动不已，并以此作为勉励自己在昆剧舞台上耕耘的动力。因此，十发先生与程多多成立“多多曲社”后，蔡正仁、岳美缇、计镇华、梁谷音、张洵澎、张静娴等艺术家都积极支持，每个

在“多多曲社”上唱一曲“大江东去”

周末都主动成为座上客。每逢曲社活动，程府内总是丝竹悠扬，水磨昆腔不绝于耳。艺术家们纷纷乘兴演唱，而程多多则在旁吹笛伴奏。十发先生边听曲子，边看本子，手中还随着节奏拍曲。有时兴起，十发先生也会起身，高歌一曲《刀会》、《弹词》、《山门》或《望乡》。他颇为幽默地解释道："别人唱昆曲，喜欢演小生、小旦，而我就喜欢唱大面，这就叫角色对路。"

十发先生(右)与昆剧名家计镇华唱曲

这父唱子吹、其乐融融的画面，每每都不禁令人感叹："真所谓天伦之乐也。"众所周知，此时此地，正是程十发先生的开心一刻。

"多多曲社"周末活动，右二为十发先生

“一天天，辰光过得快来。”

程十发先生出生于1921年，属鸡。“闻鸡起舞”堪称他的生活写照。他珍惜时间，工作非常勤奋，生活很有规律。

程家保姆曾经告诉我，十发夫妇每天醒得很早，这段时间，是十发先生和夫人张金锜谈天说地、交流信息的时候。十发先生会把当天要做的事情梳理一下，也让夫人知道他一天的行踪和工作，程师母张金锜则会把一应家务告诉十发先生。有时，遇上有尊贵的远方客人来看望十发先生，他就会与夫人商量如何接待。留客用餐自不必说，但是，去饭店宴客还是设家宴招待，则是老夫妻俩商量的内容。如果决定设家宴招待，两人还会仔细研究菜单。一般都由十发先生开出菜谱，然后逐一与夫人商量：“这个菜，你弄得出吗？弄不出么，勿碍，调换一只？”十发先生曾书写过一张《家乡民间菜谱》，程师母对这张菜谱很熟悉：卤汁蛋、水晶猪头肉、卤鸡、猪脚冻、红烧羊肉、马兰螺蛳肉、清炒樱桃、田螺塞肉、猪肝豆腐羹、韭芽菜拌蛋皮、马鲛鱼豆腐羹、鲈鱼炖蛋、白切羊肉、蟛蜞羹、自制腊肉、腊鸡鸭、酱肉、菜烧鸡、酱鸭、四鳃鲈鱼、猪油嵌河鳗、炖河蟹、虾饼子、火鸭、什锦猪肚、陈皮牛肉、清炖青鱼、鸳鸯鱼、蛤蜊鱼羹、三蛋、鳝烧肉、炒雪笋、虾子笋片等等。因此，只须在上述菜肴中挑选几味，再配上几样时鲜蔬菜，就是一桌上好家宴。当然，程师母也会根据季节和货源提出建议，丰富菜肴品种。如春季“蚕豆火腿丁”，五月端午“炒米苋”、“新蒜头红烧大黄鱼”，初夏时“六月黄面拖蟹”，冬季“金银蹄腌笃鲜”等，不少尝过程家家宴的朋友都赞不绝口，大家不仅为程师母的高超厨艺所折服，更对十发夫妇热情待客，精心营造宾至如归的气氛而深深感动……因为每天家里客人多，老夫妻谈不上几句就会被打断，因此，只能趁清晨客人还未上门时，互相说说家常话。

接着，夫妻双双起床。十发先生洗漱完毕，喝几口清茶，在客厅里稍稍活动一下手脚，就来到画室工作。他的住处曾搬动过几次，因此画室的斋名也相应做了改动。起初名为“步鲸楼”，曾鲸是明代提倡写生写实的大画家，“步鲸”的意思即“以曾鲸为榜样，深入生活”。后来，勤奋的十发先生常常感到时间不够用，必须分秒必争，就把斋名改为“不教一日闲过之斋”，含义一目了然。“文革”结束后，他又把斋名改为“三釜书屋”，沿用至今。我曾请教十发先生，斋名为何称“三釜书屋”，十发先生笑曰：“我先祖乃大名鼎鼎的‘三斧头’程咬金，为纪念这位英雄，本想用‘三斧书屋’，但斧头毕竟不雅，有斩人之嫌疑，故改为‘三釜书屋’。‘釜’即锅子，‘三釜’者，就是三只锅子，国家、集体、个人各一只，三者兼顾，符合社会主义分配原则。”

一般来说，十发先生在画室的工作时间不会少于两个小时，或作画，或题字，或写文章……多少年来，从不间断。

早餐后，除了出门开会、办公外，就是十发先生手不释卷、翻阅文件和报纸的时间。往往这时，第一批客人已经开始上门了。因此，十发先生与朋友之间聊天的话题常常都从当天新闻说起。十发先生了解形势，熟悉情况，所以，能够切中时弊发表自己的评论。

有位朋友说：“看了今天的报纸很担心，美国芝加哥有家汽车制造厂，因为招收日本员工，造成大量黑人失业，引起黑人不满，双方发生械斗。我刚好准备要去美国访问，亚洲人的外形和肤色都差不多，所以不知如何是好。”十发先生与他开玩笑：“不碍的，你这次去

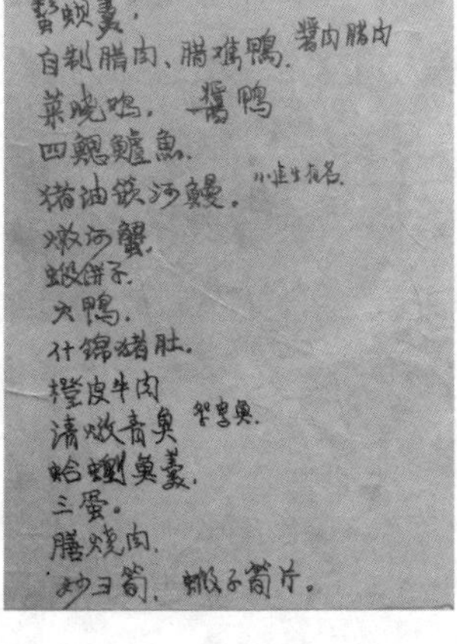

十发先生手抄菜谱

我与十发先生(左二)、日本友人水户黄门后裔(左四)、曹可凡(左一)等在三釜书屋合影

美国只要不穿西装，就不会被人误认为日本人。”这位朋友好奇地问：“那我去美国穿什么衣服？”十发先生说：“还是老祖宗的衣服好，你就去定做几件长衫穿穿吧。”

报纸透露，有些建筑单位，为谋取暴利，全然不顾质量，灌制水泥预制板时偷工减料，擅自改变配方比例，用大量黄沙，只加一点点水泥，生产出来的预制板质量可想而知。十发先生心情沉重，评论道：“难怪经常要出现豆腐渣工程，原来，水泥预制板里黄沙太多，变成了黄松糕哉。”

时近中午，如果宾主谈兴正浓，十发先生一定会热情地留客用饭。程家饭桌上的菜肴标准并不高，基本上按照先前的菜谱选六菜一汤，但是荤素搭配，颇有特色。十发先生偏爱肉食，不喜欢蔬菜，据说年轻时还曾创下过一口气吃二十只茶叶蛋的惊人纪录。

每逢客人告辞出门，十发先生总会起身送客到大门口。客人心中不忍，再三请大师留步，十发先生则强调："不碍的，我喜欢走走。"步入老年后，十发先生行动不便，他也会吩咐自家小辈代他送客。

饭后，十发先生走进卧室，午睡一会儿。休息后，他神采奕奕，精神焕发，或接受记者访问，或继续接待客人，或挥毫作画。有时，他也会打开电视机欣赏节目。他特别喜爱传统戏曲和魔术，也观看足球比赛和拳击。十发先生曾开玩笑地说："电视机蛮好的，你们应当放在房间中央，让大家都看得到，这就叫'中央台'。"

傍晚，十发先生的第四代小辈放学回家。老人最喜欢与小朋友聊天，有时，还会亲自教小朋友唱京戏《赵氏孤儿》："啊，公孙兄……"尽享含饴弄孙的乐趣。

晚餐后，十发先生会按时收看电视新闻，全神贯注地了解国内外形势。然后，他走进卧室休息，一路走，一路喃喃地说："一天天，辰光过得快来。"

与孙辈在一起画画

20世纪80年代，与孙子程骅在深圳海边

贺重外孙倪丹青生日（站者为王悦阳）

“原来‘打桩模子’就在我身边！”

记忆中，我曾经邀请程十发夫妇到剧场看过两次滑稽戏，地点都在美琪大戏院。

第一次是滑稽表演艺术家杨华生先生从艺六十周年演出专场。十发先生和夫人欣然应邀，来剧场观看。那晚，我陪杨老师演出两出短剧《七十二家房客·拔牙齿》和《糊涂爹娘·考试》。十发先生和夫人很讲究礼貌，开演前，先到后台看望杨华生先生，并送上鲜花表示祝贺。演出结束后，十发先生夫妇还上台参加谢幕。那天，黄佐临先生也来观看演出，当十发先生夫妇和黄佐临先生出现在舞台上时，全场观众热烈鼓掌，表示他们对老艺术家的崇高敬意。

1992年秋天，剧团上演大型滑稽戏《明媒争娶》，我在剧中反串主角媒婆杨玉翠，邀请程十发先生和夫人来看戏。戏票早已送给了十发先生，但是他到底能不能来，我心中无数。开演前，有人告诉我：程十发先生携夫人张金锜女士早已在剧场观众席就座。

演出结束，十发先生夫妇应邀上台，和演员们合影留念。我请程先生提出宝贵意见，十发先生开门见山地说道：“真的不错，你们人民滑稽剧团这批小滑稽已经蛮有名气啦。曾经有种说法，说你们这

十发先生为杨华生设计的滑稽戏《苏州二公差》封面

程十发夫妇来看我演出的《明媒争娶》

批小滑稽表演独脚戏‘头头是道’，演出大戏‘呆头呆脑’。今天我看了你们演的大戏，认为这种话不对，你们演大戏不是‘呆头呆脑’，而是‘很有头脑’！”程师母在一旁笑眯眯地指着十发先生说：“你们知道吗？他在剧场里带头笑，带头鼓掌，真像个拉拉队员呢！”

我还请十发先生看过一次电影。那是在1993年初冬，著名影星潘虹、刘青云与我合作，拍了个电影叫《股疯》。有一场戏的拍摄地点恰好在十发先生的家附近——徐家汇证券市场。拍戏空暇时，我去十发先生家坐坐，十发先生对我打趣道：“恭喜恭喜，小毛兄，近来发财了吧？”见我疑惑不解的样子，十发先生解释道：“邻居对我说，看见侬近来在证券市场跑来跑去，侬阿是在炒股票啊？”我告诉他，自己并没有炒股票，而是在电影《股疯》中扮演一个“掮客”。十发先生说道：“电影拍好一定要请我去看啊，也好让我沾点‘财气’。”

《股疯》正式上映后，我请十发先生去电影院观摩。十发先生兴致勃勃地看了影片，还情不自禁地发出响亮的笑声。散场时，十发先生风趣地说：“所以说，一个人一定要活到老，学到老，才能进步。以前我只听见过社会上有‘打桩模子’，却不知道‘打桩模子’是什么意思。看完电影才明白了，原来‘打桩模子’就在我身边！”

电影《股疯》获得成功，荣获中华人民共和国政府电影奖，潘虹个人得到了“影后”称号。她十分高兴，欣然举行庆功宴，邀请张瑞芳、程十发、孙道临、王文娟等艺术家出席。宴会上名流云集，欢聚一堂。饭后举行舞会，潘虹请十发先生下舞池。程先生婉言谢绝，托辞风趣，令人捧腹：“谢谢影后娘娘，我只会动手，不会动脚的。”

有一时期，邪教活动猖獗。根据上级要求，我们剧团决定配合形势，老戏新演，把传统滑稽戏《活菩萨》改编后重新上演。排戏结束，即将公演，我请程先生题写剧名。老人家听我讲完前因后果，二话不说，提笔就写“活菩萨”三个字。有趣的是，这几个字与他往日书写的风格截然不同，故意写得有大有小，而且歪歪扭扭，看上去很可笑。搁笔后，十发先生正色解释道：“这个‘活菩萨’是骗子，所作所为都是歪门邪道，因此我把这几个字写得特别些，意思在于提醒善良的人们——大家千万不要上当啊。”

潘虹(中)宴请

为十发先生蹬三轮车游城隍庙

十发先生为我拍照

“我有了条件，造幢房子送给你。”

程十发先生在松江博物馆旁边建有一幢小楼，取名“修竹远山楼”，我曾去过多次。虽说这幢建筑朴实无华，却蕴藏着十发先生对夫人张金锜的一片深情厚意。这则发生在20世纪30年代的爱情故事，足以使当代年轻人惊讶——原来他们太公太婆年轻的时候，情感世界就可以如此浪漫。

想当年，程十发和张金锜都是上海美术专科学校的学生。十发先生原名程潼，他八岁丧父，家道贫寒，生活十分清苦。母亲丁织勤毅然挑起家庭重担，她终身不改嫁，含辛茹苦扶养儿子长大成人。孤儿寡母，生计艰难，丁织勤就依靠祖传的膏药来为人治疗脚疾。她医术高明，医德可嘉，对于上门来求诊的贫苦百姓有求必应，从不计较诊金多少，穷人往往只要捉几只鸡，送几只蛋就能药到病除。

程潼从小喜欢画画，靠着一张石印画和一本《芥子园画谱》自学，打下绘画基础。后来，他去投考上海美术专科学校，凭着扎实的绘画技巧，顺利通过考试。慈母闻讯，悲喜交集，高兴儿子一榜高中，却又担心无力交纳学费。为了儿子的前程，丁织勤抛头露面，四处借贷，好不容易七拼八凑才付清学费。

1938年，程潼终于称心如意地进入上海美术专科学校，就读于国画系。不久，他认识了一位来自西子湖畔的美丽姑娘张金锜。两人都师从吴昌硕得意门生王个簃先生，那时，张金锜21岁，程十发18岁。

张金锜出身于杭州书香门第，她才貌双全，慧眼独具，对众多富家子弟不屑一顾，却对贫困学生程潼情有独钟。她敬佩程潼的刻苦勤奋，更钟情于程潼的儿女情长。虽然校方规定，男女有别，不能进入异性房间，但每天下课后，程潼总是按时来到学生宿舍门口，大大方方抱着一本书，坐在女生宿舍的楼梯上，等待心上人出现，然后，两人手挽手一起外出，或去图书馆阅读，或去花园聊天，最多的是到电影院，欣赏好莱坞巨片或者卓别林主演的喜剧片，往往几只面包充当晚餐，一杯开水就是饮料，长此以往，乐此不疲……两人从相识到相知，从相知到相爱，终

程十发岳母像

程十发岳父像

热恋时期的程十发(张金锜摄)

年轻的张金锜

于到了谈婚论嫁的时候。张金锜对程潼的求婚，不敢贸然应允，认定自己母亲已去世，婚姻大事必须请父亲张均为她把关。程潼支持张金锜的做法。当张金锜回家探望父亲时，聪明的程潼不失时机地托她带上几幅精心绘制的书画作品，恳求长辈批阅。

张均，字子成，浙江杭州人，在杭州惠新女子中学担任教务长（现已改名青春中学）。由于张均先生为人热心，知识渊博，诲人不倦，能言善辩，还被聘请担任“小车桥监狱”（现杭州华侨饭店后面）的“忏悔师”一职。张均先生善于从中国传统的儒释道三教中寻找朴实无华的人文哲学，自己动手编写教材，然后走进高墙深院，引经据典，用事例启迪罪犯，用知识教诲浪子，从而使误入歧途者弃旧图新，走上新生之路。

张均先生为人正直，自力更生，省吃俭用，在杭州大学路买下一块地皮，延请匠人修建新居。室雅无须大，虽然新房面积不大，但是青瓦素墙，窗明几净，格调古朴高雅。特别是进门的小庭院，布置得十分幽雅：一棚青藤木香花，充满蓬勃生机，夏日炎炎，越发芳香扑鼻；几竿修竹常年翠绿，生气盎然；墙边筑成的小池塘里，散养着数尾金鱼；屋角几只老母鸡和雏鸡，叽叽喳喳，平添几分村落野趣。引人注目的是，庭院的围墙上添嵌几块旧砖，那些旧砖是杭州雷峰塔倒毁后的弃物。主人匠心独运，别出心裁，废物利用，使之充满古意。张均先生膝下唯有一女，一家三口常在庭院中的石桌椅上谈笑风生，其乐融融。

1937年，抗日战争爆发，彻底打破了张均一家的平静生活。山河破裂心肝碎，张均不愿当亡国奴，在日寇的铁蹄下偷生。他带领全家被迫离开杭州，先后到达金华、兰溪一带避难。一路上山高水险，兵荒马乱，苦不堪言。不久，在逃难的人群中与旧日邻居不期而遇，这才知悉，杭州已经

程家悬壶济世的招牌

完全沦陷在日寇手中，张均家的房屋也早已被炸为一片瓦砾。张均闻讯五内如焚，痛不欲生，对敌寇的仇恨与日俱增。

患难识知己，在逃难途中，张均先生认识了一位朋友，两人非常投缘，朋友对他推心置腹地说："兵荒马乱，不如和女儿一起到上海去……"在朋友的劝说下，张均一家来到上海逃难。

当张均看见程潼托女儿送来的书画作品时，早已心领神会。然而，此刻的他已病重卧床，自知不久于人世。他意味深长地对女儿说道："我尊重你的选择。为父阅人多矣，相信将来程潼终会修成正果，出人头地。你告诉程潼，不必为缺少聘礼而担忧，只须他回松江老家去，请位贤达之士写封聘书送来，从此，我就把你的终身托付给他。"

张金锜泪流满面，安慰父亲悉心养病。为了不影响学业，安排好事务，张金锜匆匆赶回学校。当她把父亲的肺腑之言一字不漏转达给程潼时，程潼的心情是极其复杂的：他既为张均先生应允婚事而兴奋，又为未来岳父的健康而担忧。

程潼赶回松江老家，把喜讯告诉母亲，慈母开心得喜泪婆娑，急忙去与亲友商议，积极筹备婚事。谁知，好事多磨，没能亲眼看到女儿出嫁，张均先生就不幸与世长辞了。张金锜万念俱灰，悲痛欲绝，幸亏程潼苦苦相劝，这才强忍悲痛，节哀顺变，料理完了父亲的丧事。

旧时风俗，亲生父母亲辞世，称之为"热丧"，子女必须披麻戴孝，三年内不得成亲办喜事。这可把丁织勤急坏了，她多么希望自己的独生儿子早些成亲，生下儿女，可以传宗接代。但是，天有不测风云，亲家公突然病故，这飞来横祸使她晕头转向，难以招架。程家亲友们看见丁织勤急得团团转，就对她面授机宜：亡人去世一周内，先不急于发丧，而是让必须成家的青年男女结合在一起，这也是一种变通的风俗习惯。

这下可谓绝处逢生。在美专小礼堂，程潼与张金锜举行了简单而又隆重的新婚仪式，老师与同学共四十余人观礼，随后，在学校附近的饭店摆四五桌酒席宴客。

举办新式婚礼后，两人又赶去松江老家补办喜宴举行传统婚礼。是日，亲戚好友齐声称赞：程老夫人教子有方，如今苦尽甘来，娶

程十发与母亲合影

程十发夫妇的结婚照

十发先生在设计松江别墅

十发先生设计的松江别墅草图

得如此贤惠端庄的新娘子……

婚后，张金锜随夫住在松江华亭。可是，眼前的景象不禁使她倒抽一口冷气：在这条名为"富家弄"的小巷深处，只有两间破屋，断壁残垣，瓦花飞扬，锅空灶冷。时临初冬，阵阵寒风透过破砖裂瓦直刺进房，犹如冷刀割肉，彻骨冰凉。没有电灯，没有自来水，真是一贫如洗，苦不堪言。唯一能使张金锜感到欣慰的是，丈夫程潼善用笑话温暖她的心："王宝钏住寒窑十八年，才享富贵。你放心好啦，我们决不会一辈子住在这里的。""将来，我有了条

十发先生在松江别墅

件，造幢房子送给你，房子的式样么，与你娘家的一样。”

难能可贵的是，蹉跎岁月几十年，张金锜始终如一，相夫教子，尽显贤妻良母本色。在她的支持下，丈夫程十发功成名就，事业如日中天。

20世纪80年代初，松江故乡的领导和老百姓崇敬程十发这位人民艺术家，特地拨出一方土地，让程十发建立一个创作基地。程十发瞒着夫人，亲笔画下了设计图纸。新房落成之日，十发先生双手交给夫人一把钥匙，张金锜亲手开启房门，顿时眼前一亮：一棚青藤木香花，几竿翠绿修竹，小池塘里几条金鱼悠哉悠哉……程夫人顿时热泪盈眶：“好熟悉的环境呀，分明是我娘家的旧模样啊……”

张金锜在松江别墅

“不敢想象……”

1993年7月22日，上海市第三届文代会在上海展览中心隆重开幕。是日，地处市中心的展览馆会场彩旗飞扬，鲜花怒放，来自本市戏剧、曲艺、美术、书法等各协会的艺术家代表欢聚一堂，共商发展海派文化大计。

根据会议议程，上午召开全体代表大会，听取领导讲话，下午按照各自界别分组讨论。十发先生是美术界代表，我是曲艺界代表。参加会议的人很多，因此，上午我没有看见十发先生，心想：聚餐时，一定会见到程先生。

中午，我走进餐厅，觉得身后有人拉我，转身一看，原来是上海美术家协会副主席、秘书长徐昌酩先生。徐先生是位可爱的小老头，待人和蔼可亲，老小和气，个子不高，却精力充沛，干劲十足。作为美协的掌门人，他把美协工作搞得很有起色，受到大家的尊敬。徐昌酩先生操一口湖州家乡话告诉我：“侬阿晓得，程老太爷屋里头，出仔一桩大事体哉。”我心里“格登”一下，忙问：“出了什么大事体？”徐昌酩先生叹口气：“程师母突然发病，送中山医院治疗，诊断为脑溢血，情况十分险急，目前正在全力抢救。”

听到这个消息，我心情十分沉重，坐在餐桌上，自己究竟吃了些什么，浑然不知。我对张金锜师母的印象是很深刻的，老人家雍容大方，通情达理，待人接物彬彬有礼，身上总有着一股名门闺秀的大家风范。她是个性情中人，曾当着我的面对程十发讲：

年轻的张金锜在复兴公园

“啥人叫侬介出名的啦?我早就和你说过,出名不是好事体。”当她从十发先生口中听说我家里的住房紧张时,公然对着丈夫脱口而出:“你和王汝刚介要好,他住房紧张么,索性你帮他买一套房子好来!”这份真情,令人铭刻感恩在心。记忆中,程师母的身体总是不太好,想必是多年辛苦,积劳成疾。1992年,十发先生为她过75岁生日,邀请我们到浦东吃饭。这时,程师母已大不如前,脑力衰退得很厉害,到了饭店,她再三询问:“今天是谁过生日?”我们都说:“不是别人,正是您的75岁大寿啊。”她笑着点点头,可谁知过了一会儿,程师母又一次问十发先生:“今天谁过生日啊?我们也真是的,为人家过生日,怎么寿礼也不送的?”在一旁的程十发先生意味深长地转身对我们笑笑,随即饱含深情地望着爱妻,一言不发,随着众人的生日祝福歌缓缓牵起张金锜的手,两人共同切开了高达三层的生日大蛋糕,场面温馨而感人。

程师母最后一个生日

正在胡思乱想间,忽然听见有人呼唤我:“王汝刚!阿好请你帮个忙?”我才发现,原来是滑稽泰斗周柏春先生在召唤我。我忙走上前:“周老师,有啥吩咐?”周先生指着身边的一位老者问:“迭位老前辈你认得吗?”我才注意到旁边有位老者,回答道:“认得的,评弹界老前辈姚荫梅先生。”周柏春嘴角一牵,露出招牌笑容:“侬倒是识货朋友。喏,此地空调开得太大了,老人家怕着凉,要我帮伊加件

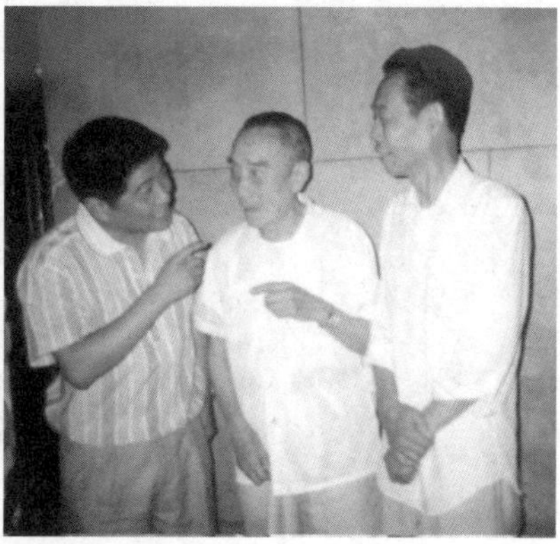

“文代会”间隙,我与周柏春(右一)、姚荫梅(右二)

衣服，啥人晓得，吃素碰着月大，迭几天我自己老伤复发，迭个胳膊不过摆摆卖相，表示身上零件一样勿缺，其实一点力道用不出来啦。麻烦你，我伲两家头相帮老人家加件衣裳，迭格属于向雷锋同志学习，做好人好事。”周柏春讲话慢条斯理，加上丰富的脸部表情，谁见了都会忍俊不禁。其实这种“死样怪气”的腔调，也是他的一种招笑手段。“好的，小事一桩。”我取过姚荫梅先生手中的衬衫，准备为老人加衣。“喔唷，你们两个人服侍我一个人？那是好哉，现在我姚荫梅，饭来张口，衣来伸手，你们阿是培养我成为剥削阶级？”姚荫梅先生不愧号称“巧嘴”，噱头张口就来。这位80多岁的老人风趣的语言，引得众人哄堂大笑。《解放日报》摄影师金定根刚好走过，见状不失时机，举起摄影机，记录了这一幕。“朝我看，笑一笑。”为了配合摄影师，我笑了。其实，此刻我心情沉重，惦念着危在旦夕的程师母，脸上笑得非常尴尬。事后，我保存了这张相片，成为私人照相簿中珍贵的一张照片，因为，在生活中，我很少有这种笑容，这种笑属于名副其实的苦笑。

程师母生日宴会，伉俪情深

下午，继续参加会议，我调整好心态，认真参加小组讨论。散会后，我立即驱车，直奔程家。

在三釜书屋客厅，我见到了十发先生。他脸色阴沉，一言不发，闷坐在椅子上。不少亲朋好友闻讯赶来，只是找不出合适的语言来安慰他，三釜书屋出现罕见的安静。我拨开众人上前招呼：“程先生……”“你来啦，文代会休会啦？”老人家问道。“对。”“那你陪我去中山医院吧。”于是，我和欣荪大姐搀扶着十发先生，坐上画院的小车前往中山医院。

在医院抢救室的病床上，我们见到了程师母。她面如土色，不省人事，处于深度昏迷状态，尽管身上插了好几根橡皮管，呼吸仍然十分困难。欣荪大姐走上病榻前，大声呼唤母亲：“姆妈，爹爹来看你了，你眼睛睁开来呀！”尽管女儿的呼唤声逐渐加响，病人却依然没有丝毫反应。欣荪大姐不禁失声痛哭，泪如雨下。十发先生见状，对女儿摇摇手，轻声说道：“不要打扰她了，你妈妈操劳一辈子，让她安静点休息吧。”

中山医院院长闻讯匆匆赶来：“程院长，向你汇报一下尊夫人的病情及治疗方案。”程先生拱手道谢：“不必客气，你们都是医学专家，我们家属对治疗方案非常放心，只不过给你们添麻烦了，谢谢！”院长轻声安慰十发先生：“从下午开始，病人情况趋向比较稳定，几个大的出血点已经基本控制，只是有些毛细血管仍在出血，如果熬过今天晚上，情况会有好转……”

十发先生默默无言，坐在夫人病床边。欣荪大姐担心老人家身体，几次敦促父亲：“爹爹，我们回家吧，回家吧……”十发先生这才起身凑近夫人，两眼一动也不动，紧盯着夫人的脸，慢慢地眼角涌出了泪水。他温情脉脉伸出双手拉起夫人无力的手，轻轻地摇动，似乎给相濡以沫、同甘共苦的爱妻传递情感，又仿佛在为病妻增添与死神抗争的力量。情爱是何物，白头不相离。此景此情，感天动地，使在场的人无不动容。

回家路上，空气沉闷，我曾经学过医学，有一定的基础知识，从病人的状况来分析，估计凶多吉少。既然无言语安慰十发先生，倒不如让十发先生有个心理适应过程。于是，我投石问路：“程先生，你看师母的病情比你想象中的好，还是不好？”十发先生面无表情说了四个字：“不敢想象……”

事后才知道，当天晚上，十发先生把女儿叫到身边，悲痛地对她说:“你姆妈不会回家了!”女儿强忍伤心,询问父亲何出此言。十发先生说:“我仔细观察了你姆妈,她已魂飞魄散了……”

一语成谶,两天后,程师母张金锜女士与世长辞,驾鹤西归,享年76岁。

程十发夫妇与我们全家

“我为姐姐送行。”

美术界谁都知道，程十发和张金锜是一对相敬如宾的好夫妻。人生无常，张金锜女士撒手西去，对十发先生的打击难以言表。

虽说十发先生膝下有两子一女以及不少儿孙辈，但是，在身边照料平时衣食起居的却只有女儿程欣荪、女婿马元浩。当时，长子程助在深圳工作，小儿程多多远在美国留学，闻讯慈母逝世，程助日夜兼程赶回上海，程多多也急忙安排妻子鲍心蓉回沪奔丧。

市领导、文史馆领导以及画院领导很关心程家的变故，亲自上门慰问程十发先生。关于程师母的丧事，大家的想法都很一致，希望能妥善安排好一切事务，让逝者安息，家属放心。最主要一点，希望随着时间的推移，十发先生能减少痛苦，早日走出阴影。他们希望十发先生可以早些提出办理爱妻丧事的具体方案。

这件大事必须要十发先生亲自拍板，但是，眼看他茶饭不思，坐立不安，终日沉浸在丧妻之痛中，到底谁和十发先生商量比较合适呢？众人都认为一时缺少人选，难以启口。眼看时间飞快流逝，欣荪大姐和鲍心蓉大嫂找我谈话，要求我出面与十发先生一起面议，她们则在旁参与。起先，我连连摇头推却。欣荪大姐说：“你不必推却，我父亲蛮信任你的，姆妈生前也挺喜欢你的。再讲，我们家从未遇到这般大事，一切方寸都乱了，我们知道你平时研究民俗风情，很懂礼数规矩，就帮个忙吧。”话说到这个份上，我再也不能推却了，想起程师母平时对我的好处，更应当挑起这份担子。

那天午后，在宛平公寓五楼，十发先生与我进行了一次关于生与死的谈话。超脱的境界、豁达的胸怀、睿智而不失幽默的言语，使我又一次领略了大师的风采。

20世纪50年代程十发夫妇与次子程多多在北京

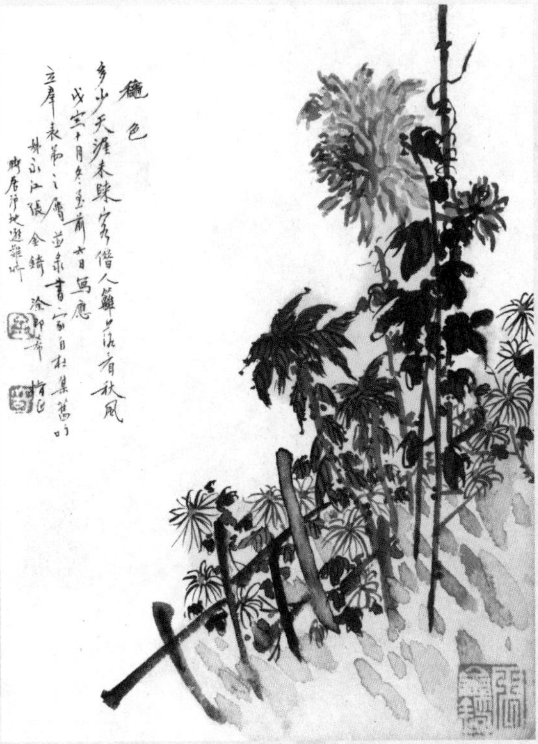

张金锜早年画的花卉

十发先生与我面对面坐在三釜书屋的画案两端，欣荪大姐和鲍心蓉大嫂以及著名画家谢春彦先生则都围坐在一旁。我喝一口清茶，掩饰惴惴不安的心情，然后开始装着轻描淡写、漫不经心地对话。

“程先生，今天午休睡得好吗？”

“眼睛闭了一息，好像没有睡着，不过总比不睡要好。”

“对，老古话：张眼坐不如闭眼睡，人要注意劳逸结合。日子过得真快，程师母已经故世三天了，人生无常，您也不必太伤心。”

“是呀，人嘛，迟早总要往来的地方去的，要不然地球老早挤塌了。”

“这几天，到您家里来吊唁的人不少，大家都想把师母的丧事办得隆重点。”

“谢谢大家，一切从简为好。”

“欣荪大姐和心蓉大嫂委托我与您商量一下，想听听您的意见，

慈母张金锜与三个孩子

师母大殓定在这个礼拜天,不知妥当吗?"

"礼拜天是休息天,蛮好,这样让来为老太太送行的亲友不必专门请假,千万不要影响大家工作。"

"师母身上的穿戴,您有什么意见?"

"不晓得现在外面的殡葬规格有啥讲究?"

"每家人家情况不同,根据自家屋里的条件置办。有些人家经济条件好,讲究排场,可以置办'七领五腰',即七件寿衣,五条裤子。一般人家置办'五领三腰',即五件寿衣,三条裤子。"

"伲老太太不喜欢铺张的,就'五领三腰'吧。"

"寿衣中要备一双鞋子,穿鞋有一个规矩,布鞋上要钉上两颗珍珠,人家说,黄泉路上黑灯瞎火,亡人走路容易摔跤,有两颗珍珠放光可以走得稳当点。"

"喔唷,这两颗倒是夜明珠?其实加两颗珍珠,鞋子可以显得美观点,这倒不错。欣荪,侬去觅两颗珍珠,要拣大点的,圆点的。"

师母张金锜为十发先生默默奉献了一辈子

程十发夫妇在旅游途中

“另外，沪上习俗，有些人家死了亲友，要请位道士来念念经，引引路。”

“要的，说不定那里(阴间)也在搞什么高速公路、地下隧道，没有人引路，亡人容易迷路。”

至此，一件大事就在看似谈笑风生中决定了。若是平时，十发先生这些诙谐的语言总能令人捧腹，但是，此刻丝毫没有反应，因为在场的人心里都很明白，程十发大师的心在流血，他是用谈笑风生的形式来掩盖自己极度的悲痛。

听我介绍完传统风俗后，欣荪大姐和鲍心蓉大嫂找我商量，她们抱着“宁可信其有，不可信其无”的态度，要我去请一位道士来做个宗教仪式，并再三嘱咐我，不要让程先生知道：“爹爹是中共党员，很注意自身形象。”

我暗暗责怪自己话太多。但是，欣荪大姐和鲍心蓉大嫂等程家后代真诚的孝心打动了我。于是，我找到上海白云观老道长朱掌福先生。他建议，考虑到小辈对长辈的感情，搞个仪式，能起到安抚心

程十发夫妇在旧金山

灵的作用，为了不影响程十发先生，他可以晚上晚些去，等十发先生休息后，搞个简单的仪式。

晚上八时后，我带着朱道长来到程府，客厅一角已被布置成灵堂，桌上供奉着张金锜女士的遗像，音容笑貌宛在。朱道长戴上羽冠，穿上青布道袍，俨然道骨仙风。他右手轻轻摇动招魂铃，左手翻阅疏表，朗声宣科，苍劲而略带沙哑的嗓音，催生一种悯天怜人的磁场，在客厅中回响，足以催人泪下。短短的仪式很快结束，在朱道长的指点下，在场的亲友以长幼为序，逐一上前行礼。

这时，我耳边传来一阵躁动声，原来，十发先生独自一人走到灵堂来了，众人忙闪开一条路。十发先生径直走至灵台，满怀深情地注视着夫人的遗像，突然，他双膝跪地，面对灵台磕了三个头。这一切是谁也始料不及的，礼毕，他双腿发软，竟无力站起身，双手扶着灵台，试图努力起身。众人慌得手足无措，不知如何是好，最后还是我和小保姆花了好大的力气，才把十发先生搀扶起来，让他坐在椅子上。朱道长对十发先生说："你与夫人是平辈，不必行此大礼。"十发先生指着夫人遗像说："虽然我们是平辈，但是张金锜既是我的夫人，又是我的姐姐。她为程家相夫教子，含辛茹苦一辈子，今朝姐姐出门远行，我怎么能不行礼恭送？"

是啊！想当年，作为海派书画大家吴昌硕再传弟子的张金锜，其绘画成绩早在美专求学时就一直被同行看好，特别是她的两笔吴门大写意花卉，神完气足，并不亚于程十发。但是为了支持丈夫的事业，她心甘情愿放弃手中心爱的画笔，相夫教子，操劳家务几十年，豁达心态何等可嘉！正是张金锜在背后坚定的信任、默默的支持和绵绵的温情，激励了程十发勤奋工作，勇攀一座座艺术高峰而终成一代巨匠！如今，斯人已去，面对一张冷冰冰的遗像，十发先生怎能不伤心动容？他字字句句情真意切的肺腑之言，更令闻者无不心酸泪下。

“侬姆妈听戏去了……”

在我的脑海中，1993年7月29日，是个非常特殊的日子。上午，我赶往龙华殡仪馆大厅，为剧坛泰斗俞振飞先生送行。那天，是农历六月十一日，正巧是俞老92岁诞辰。老人家走完92年人生道路，众人怀着崇敬的心情为他送别：“俞老老，一路走好。”

事也凑巧，在同天下午、同一地点，人山人海的亲友为著名女画家张金锜女士送行。

市文化局、市文史馆以及画院的领导多次上门慰问，征询处理丧事的意见。十发先生自始至终一个原则：“谢谢大家关心，我夫人的丧事简办。”不过，十发先生只提了一个建议：“请在张金锜治丧委员会名单中加上王汝刚。”由于大师安排，我参与了张金锜治丧委员会工作，担任委员一职，并用讣告的方式，公布于众。根据治丧委员会商定的各项工作，大家各司其职，我的工作就是不离左右、时刻陪伴程十发先生。

那天，灵堂布置得十分肃穆，大厅中央高悬张金锜女士的遗像。这张相片是十发先生亲自选定的，那是张金锜女士随同程十发先生出访新加坡时，由儿子程多多拍摄的。画面上，张金锜女士安详地坐在沙发上，身后有一盆新加坡国花——胡姬兰正在怒放，程师母脸带笑容，十分慈祥，不经意间，传递出一派大家闺秀的华贵气质。从休息厅到会场内，花篮花圈堆叠如山，挽联排列成行。其中，张金锜女士的表弟、著名老记者张之江撰写的挽联让人动容，印象深刻。

感谢我的老搭档李九松，他也是十发先生的好朋友。李九松为人热心，工作能力强，人缘特别好，龙华殡仪馆的工作人员都愿意与他交朋友。为了操办程家丧事，他不顾天气炎热，多次奔走协调。追悼会那天，他主动担任现场调度，调试音响，指挥停放车辆，忙得不亦乐乎。

李九松看见我搀扶着程十发先生来到现场，连忙走上前对十发先生说：“老太太遗体已经整理完毕，妆化得很好，是请一级化妆师亲自操作的。请程先生先去瞻仰一下，有啥不妥，马上改进，反正化妆师是我朋友，不满意可以重新再来。”程十发先生感动得双手抱拳，连声道谢：“谢谢，谢谢，九松老兄。”李九松一愣：“程先生，你岁数比我大，怎么叫我老兄？”程十发先生微微一笑：“不，是你比我大。

程师母最后一次生日宴会,中为王悦阳

喏，我叫十发，你叫九松，九总归在十前头的，阿是你比我大?”李九松坦言：“十发先生，侬真有修养，今天这种生死攸关的辰光你还在讲笑话，我服帖，服帖!”

追悼会开始，主持人是上海中国画院副院长韩天衡先生，市文史馆领导作悼词，家属作答谢词，悲切的气氛感染着在场的每一位吊唁者，四周不时传来抽泣声。

根据之前的约定，为了减少程十发先生的痛苦，尽量压缩追悼会时间。事先，我找来一张椅子，准备让程先生坐着，但他始终低头垂立，恭恭敬敬。当主持人宣布：瞻仰遗容，向逝者作最后的告别时，也是众人最担心之际。程十发先生率先上前，他步履急促，我双手搀扶着他，眼睛密切地注视着他的举动。只见他走到夫人遗体前，弯下腰，努力睁大双眼，目光紧紧盯着夫人的脸，许久、许久……突然，我发现十发先生的脸在抽动，原来他正在用力咬紧牙关，不让双眼流下一滴泪水。此情此景，实在令人心碎。他双手颤抖着，把手中的鲜花高高举起，而后轻轻地放在夫人胸前……

返家路上，我陪十发先生和欣荪大姐同坐一辆小车。为了调节气氛，我告诉十发先生，今天上午大家在这里送别了俞振飞大师。十发先生闻言，若有所思，突然，老人家眉毛一扬，对同车的女儿欣荪说：“不要难过了，侬姆妈是戏迷，终身痴迷昆曲，现在她随俞振飞大师看戏去了，侬姆妈听戏去了……”多么豁达的老人啊，相濡以沫、同甘共苦的爱妻撒手归西，对他心灵的打击难以言表。人们都替他担心，谁知老人家不仅强忍痛苦，以巨大的毅力挺了过来，还善解人意地安慰他人，真是何等不易啊!

程十发夫妇参观《火烧圆明园》拍摄现场

“换了我，也一样的。”

我和程十发先生交往十九年中，曾经有过三次陪同他参加追悼会的经历。两次是陪同他告别一生中最亲密的亲人，另一次则是陪同他送别多年的老朋友。

1993年10月的一个傍晚，我工作完毕去十发先生家小坐。尽管十发先生热情地招呼我，但是，我发现程先生情绪不对，心不在焉，似乎有什么心事。我原以为程师母逝世才三个月，十发先生心情不好。谁知，他与我没谈上几句，就从画案的毛毡下取出一封信柬，说道：“侬先看一看，我有事要与侬商量。”

拿起信柬，我的心情顿时有些紧张，原来这是一份讣告，粗大的黑体字向世人宣告：原上海中国画院名誉院长、一代书画大师唐云先生因患心肌梗塞，于1993年10月7日不幸辞世，终年83岁。

看完讣告，我心情颇为沉重，虽然我与这位名声显赫的大画家没有深交，但是对唐云先生的人品画艺，还是有所了解，心存崇敬的。回想起来，自己还曾经有过与唐云先生两次零距离接触的机会：1991年，全市文化界人士在万人体育馆聚会，为抗洪救灾义卖、义演进行捐款。上海中国画院几位德高望重的画家通力合作，画成几幅巨作，进行义卖，得到善款，悉数捐献给灾区人民。那天，程十发、唐云、谢稚柳、陈佩秋、朱屺瞻、吴青霞等艺术家都在现场参加电视直播。我拿了小本子请这些德高望重的老画家签名留念，在贵宾室里，我见到了唐云先生。唐云先生脸色红润，精神饱满，我对他说：“请与我照张相好吗？”唐云先生十分风趣，开口一笑，活脱似弥陀佛：“好的，好的，不过，你要搞搞清楚，我可不是什么大明星呀。”他操着一口地道的杭州话，软糯绵长，十分亲切。

后来，我结识了唐云先生的儿子唐逸览老师。唐逸览老师是著名画家，也是上海中国画院的画师，他为人热情好客，邀请我去唐云先生家小坐。就在唐老师住处不远的一幢楼里，我再次见到唐云先生，主客相见甚欢，当时，他正与一位朋友议论宋人的古画。唐云先生知识渊博，对古画知识了如指掌，如数家珍，从题材说到运笔、着色，深入浅出，信手拈来，说得头头是道，让我意外地聆听了一次艺术讲座，收获不小。时近午间，我起身告辞，唐云先生坚持留饭，而

程十发（后右二）与朱屺瞻（后右三）、王个簃（前右一）、唐云（后右四）、吴青霞（后右一）、陈佩秋（前右二）等在上海中国画院花园

程十发(前右二)与唐云(前右一)、王个簃(前右三)、应野平(前右四)等参加画院学术研讨

程十发(右一)与唐云(右三)在画院茶话会上

且，他留饭的方式独特而有趣，让人推辞不得："到我家作客，要遵守我家的规矩，初次上门求画是没有的，初次上门饭是一定要吃的。"于是，我在唐云先生家吃了饭，又喝了洋酒……这一切历历在目，仿佛就在昨天。

见我沉思不语，十发先生也默默无言，良久，十发先生才开口说道："老唐去世了，我们画院又少了一个大艺术家，真可惜。""是呀。"我回答道。十发先生问："同你商量一下，明天就是老唐大殓的日子，唐家不开追悼会，只搞个遗体告别仪式，你阿好陪我一道去送送老唐？"我当即一口答应，不过提醒十发先生："人生无常，不必过分伤心，自己保重为宜。"十发先生点点头，随即吩咐我："明天，你叫一辆出租汽车来接我。"我深感意外："你们画院不是有车吗？"十发先生体谅地说道："这几天，老唐家更需要用车，我让司机阿宾师傅去老唐家帮忙了，这是应该的。只是辛苦了阿宾师傅。"

隔天，我乘坐出租车到程家接十发先生，陪同他去龙华殡仪馆参加唐云先生的遗体告别仪式。告别大厅肃穆庄严，唐云先生的遗体安放在鲜花苍柏丛中，老人家神态安详，仿佛熟睡一般。送别的队伍慢慢走近唐云先生的灵柩，人们怀着悲痛的心情，举起手中的鲜花敬献给这位创造美的艺术大家。

我搀扶着十发先生，随着送别队伍缓缓而行。突然，前面吊唁的队伍中有人高声哭喊，苍老悲凉的声音回荡在大厅上空，更激起人们对大师的怀念之情，于是，原先秩序井然的送别队伍出现了混乱和躁动。我生怕出意外，赶紧搀扶着十发先生，嘴里打着招呼，脚下见缝插针，拨开人群，快速走近唐云先生的灵柩。说也奇怪，人们发现十发先生后，仿佛他身上有股神奇的力量，主动让出一条道路，让十发先生顺利地走近唐云先生灵柩。

十发先生把手中淡黄色的康乃馨高高举过头顶，恭恭敬敬献在唐云先生灵柩上，然后，他努力睁大双眼，注视着唐云先生的遗容，突然间，两滴豆大的泪水夺眶而出，伤心泪无声地洒在这阴阳界上。十发先生再次弯下腰，向唐云先生遗体深深地三鞠躬，表示崇高的敬意。礼毕，十发先生缓步走向唐云先生的家属，向家属一一握手，致以慰问。

尽管程先生在灵堂礼数周全，但是始终不发一言。人们从他悲哀的眼神和无力的脚步中，深深感受到他心中的悲哀。画院司机阿宾师傅见状，急忙把车开到十发先生身边。十发先生连声道谢："谢谢阿宾，谢谢阿宾。"可是步入轿车时，十发先生几次抬起腿，都无法跨入车厢，还是在司机和我的帮助下，才勉强进入车厢。

回程家的路上，十发先生讲过几句话，我至今记忆犹新。他眼睛茫然地注视着前方，好像在对我说话，又似自言自语："死了，死了，一死百了。唐先生是画院老领导，是我的前任。有人讲我们之间有矛盾，根本是无稽之谈。不错，以前我受处分的辰光，他是画院领导，但此一时，彼一时，如果当时换了我，也一样的，好在这一切早已过去了。"

十发先生的换位思考令人欣佩。睿智者和聪明人是有区分的，睿智者的思维是走在时代前列，会得到历史的允许和宽容；聪明人却是容易聪明反被聪明误。所以说睿智者永远是人间楷模。十发先生的换位思考使我想到另一位智者启功先生，他们处理这类问题有异曲同工之妙。启功先生曾经安慰一位当年批判过他的先生："那个年代好比在演戏，让你唱诸葛亮，让我唱马谡，现在戏唱完了，也就过去了。"我想，这也许正是剖析那个特殊年代最好的注脚吧。

唐云（左一）、赵豫（左二）、程十发"三笑"

程十发(左一)和谢稚柳(左五)、朱屺瞻(左三)、唐云(左六)等从北京出差回沪

“住在地球上，是要付房钿的。”

程十发先生膝下有两个儿子一个女儿。他可没有重男轻女的思想，甚至公开表示：“我最喜欢的是女儿欣荪。”也难怪，这个女儿来之不易，是他与夫人张金锜的第一个爱情结晶，见证了他与夫人的艰难岁月。

1942年，新婚不久的程十发和张金锜从松江老家回到上海，居住在老城厢老西门泰亨里的过街楼上。春去冬来，几个月后，张金锜告诉程十发，她已身怀六甲，当时年仅21岁的程十发欣喜若狂。眼看产期将临，他又欢喜又担忧：“我能帮忙做点啥啦？”望着局促不安的丈夫，贤惠的妻子笑了，她对丈夫说：“阿潼，你不要急，可以去找我姑妈。”一语提醒了程十发，对呀，妻子表弟张之江的母亲盛藕卿女士不正是一名妇产医师吗？

日伪时期，上海老西门地区实行戒严令，晚间绝对不能开灯，生怕灯光引起日机轰炸。夜深人静，四周一片漆黑。程十发只好把门窗关紧，还用旧衣服把门窗封得严严实实，不让一丝光线漏出。就在微微闪亮的烛光下，胖嘟嘟的可爱女儿程欣荪出世了。

东方既白，程十发迎来了初为人父的喜悦。他笑容满面，怀抱着女儿竟不知如何是好，翻箱倒柜找出一包白糖云片糕，他掰下一块，小心翼翼塞进女儿的嘴里，女儿不领情，不但不吃，反而大哭。这下手足无措的程十发犯愁了，女儿为啥不吃东西？他哪里懂得，刚出生的小孩子连牙齿都没有，如何能吃如此干硬的食品？女儿自然吐了爸爸一身，可是程十发依然很开心，望着嗷嗷待哺的女儿，傻乎乎地问：“小姑娘，侬到底要吃啥？”

年轻的程十发夫妇与女儿

第二天，女儿尚睡在摇篮里双眼朦胧，就被父亲程十发抱着出门。原来，程十发是要抱她去照相馆拍照。摄相师望着小欣荪，认为孩子太小，不宜拍摄，婉言谢绝。可是程十发却坚持己见，他灵机一动，让女儿睡在照相馆的沙发上，再请摄相师爬到椅子上，端着相机俯拍，这才留下了女儿出世后的第一张照片。程

十发先生与亲友合影，右四为程欣荪

程十发夫妇与女儿

十发把女儿视为掌上明珠，盼女成凤之心情于此可想而知。而程欣荪对父亲的感情同样深厚，一如既往，数十年如一日。

岁月荏苒，转眼到1993年，我去程府拜访，欣荪大姐把我叫到隔壁自己房里，与我谈话。她面带严肃地对我说："有件事情，我想和你商量，下个月，我要去香港定居了，心里非常矛盾。不去吧，马元浩多次来信来电催促；去吧，爹爹偌大一把年龄，母亲又不在人世，两位弟弟一位在深圳，一位在美国。我在上海还可以照顾爹爹，去了香港之后，爹爹身边就缺少亲人照顾，心情肯定不好。爹爹喜欢热闹，人多说说笑笑，他心情才会好。说老实话，我们家里每天来来往往的人很多，但是，爹爹信得过的却没有几个。你经常到我家来，他看见你一直蛮开心的，希望我不在上海的日子，你多多关心他。爹爹一辈子吃了很多苦，应该有个幸福的晚年。可是……拜托你了，这是我做女儿的心里话。"说着说着，欣荪大姐流下了热泪。她的话深深地打动了我，我知道，欣荪大姐是一个厚道人，一字一句都是真话。我充分理解她的处境，因此，对于她的要求，我毫不犹豫地答应了。

欣荪大姐的丈夫马元浩，是个聪明人。他从小喜欢美术，后来求教于程十发先生，结识了程欣荪。就这样，先成程家徒，后为程家婿，长达半个世纪。

1991年12月，马元浩赴香港定居。后来，程欣荪也随丈夫去了香港生活。谁知，不久之后，程欣荪在香港生病，经医生诊断，不幸患上癌症。马元浩不敢隐瞒，立即向岳父报告。十发先生心急如焚，立即表态："马上让欣荪回上海治病。一切费用由我承担。"欣荪大姐很快就被送回上海，住进龙华医院。我和太太闻讯后，赶到医院探望她。没想到不过三年，欣荪大姐已经判若两人。欣荪大姐挣扎着从床上坐起，对我们倾吐满腹心事："唉！我真倒霉。怎么会生这种毛病?我儿子还小，女儿还未出嫁。爹爹年老体衰，他们应当靠我去关心、照顾的。可是现在……"我们忙安慰欣荪大姐，不要胡思乱想，安心养病要紧。

我无法想象程十发先生痛苦的内心世界，只是知道欣荪大姐住院期间，76岁高龄的十发先生几乎每天在小儿子程多多的陪同下，前往龙华医院探望病中的女儿。眼看女儿的身体每况愈下，一种白发人

我与夫人同程十发夫妇、欣荪大姐在一起

送黑发人的凄凉笼罩着十发先生的心。他是个睿智者，明明知道这是一个不可避免的事实，但是，又竭尽全力，幻想用父爱、药品、钱财千方百计去挽救、延长女儿的生命。可是，事实十分残酷，十发先生很快发现，这一切根本于事无补，病魔正以疯狂的速度，侵吞着女儿的生命。极度悲伤的十发先生毅然做出了一个惊人的举动：他要说服子女支持他，把家中其毕生收藏的122件书画无偿捐献国家。

当重病在身的程欣荪亲耳听到父亲所作出的决定时，似乎没有完全明白。她无力的眼神望着慈爱的父亲，艰难地发问道："爹爹，这是……为什么？"在一旁的程多多，完全理解大姐的心思：因为，这批古画承载着程十发对往事的诸多回忆。

程十发其实不是收藏家，他收集古字画的目的就是为了学习、借鉴前人的技法。但是他既无家传又无财力，怎么能收集到这么多的古画呢？原来，当年在极"左"路线影响下，旧字画得不到应有的重视，甚至被视为"封资修"的垃圾。一般的古画，价格非常便宜，名人字画也卖不出大价钱。程十发省吃俭用，节衣缩食，收集了陈老莲、董其昌、任伯年等艺术大师的作品。此外，当时还有一种走街串巷收售旧货的人，十发先生也会凭着自己尖锐的眼光和渊博的知识，沙里淘金。十发先生但凡看见好货，总是爱不释手，尽管手头拮据，他也会用向单位借款、向出版社预支稿费等方法，领取钞票买画。为了这批画，程十发吃足了苦头，甚至受到了错误的打击和严厉的处分。可以说，这批书画凝聚着他的毕生心血，是程十发艺术创作的灵魂和生命。如今要把这批书画无偿捐献出去，扪心自问，女儿有想法，是完全正常的。

对此，十发先生平静地对女儿说道："这些艺术品都是属于人民的，我个人保管是暂时的，现在我把它们交给人民，也是了却了自己的一个心愿。譬如住在地球上，是要付房钿的。"朴实而真诚的言语，最终取得了女儿的谅解。

经过周密考虑，程十发先生向市领导写了一封信："因我年纪渐渐老了，我几十年为了研究国画艺术逐年收集了中国古代绘画书法，现在我想呈交给上海中国画院请同志们参考研究……"市领导高度评价程十发先生的义举，对子女的支持和理解也深表感谢，为此，还

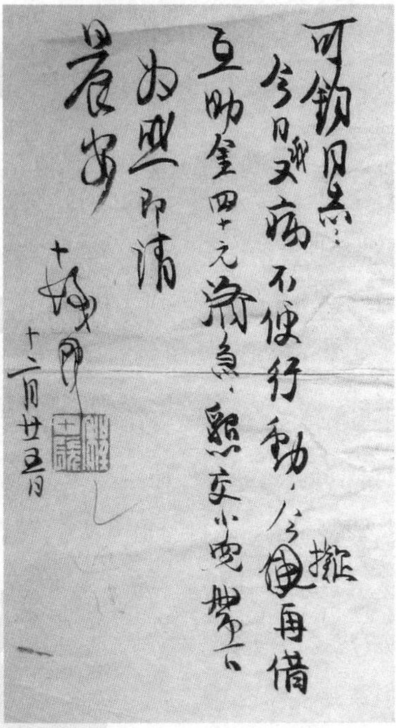

可钧同志：

今日我又病，不便行动，今因（擬）再借互助金四十元济急，恳交小儿带下为盼，即请

晨安

十发

十二月廿五日

画院借据

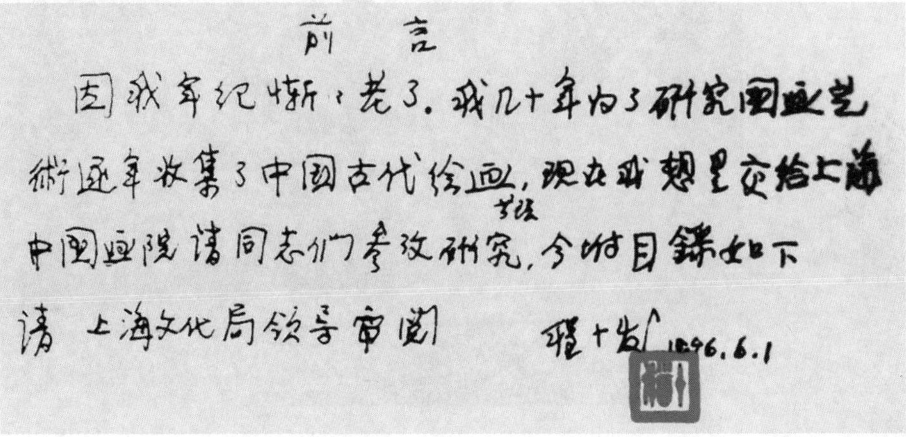

前　言

因我年纪渐渐老了。我几十年为了研究国画艺术逐年收集了中国古代绘画（书法），现在我想呈交给上海中国画院请同志们参考研究，今附目录如下

请　上海文化局领导审阅

程十发　1996.6.1

捐赠藏画报告

举办了隆重的捐赠仪式，接受了程十发先生的捐赠。

1996年，捐赠仪式后不久，程欣荪带着留恋与不舍告别人世，享年54岁。

程十发先生在我陪同下，来到女儿的灵堂。他处变不惊，没有哭泣，没有眼泪，更没有语言，支撑着拐杖径直走向女儿遗体。百感交集的他深情地注视着女儿的遗体，嘴角仿佛微微牵动，似乎有满腹言语向心爱的女儿诉说，是惋惜？是伤心？还是……然而，他终究没有发出任何声音，只是无力地举起手里的鲜花，轻轻覆盖在女儿遗体上。突然，十发先生全身不由自主地颤抖起来，我急切地问："怎么啦，怎么啦？"十发先生默不作声，依然支撑着拐杖，坚挺着走出灵堂。可是，刚来到休息室，他就仿佛精疲力尽一般，一下子颓然倒在沙发上。

短短三年之间，年逾古稀的老人连续经历别妻失女之痛。每思及此，怎不令人心如刀绞？

捐赠藏画仪式

“演员需要留一点本事。”

我从小喜爱文艺，在学校念书时，逢年过节校方组织联欢活动，总少不了让我表演节目。我带领同学们唱歌跳舞，表演独脚戏，讲故事，十八般武艺样样都来。后来，我参加市少年宫故事班，演讲《小淘气捉鬼》还获得了奖状。

1969年，我被分配到江西农村插队落户，生产队要我在饲养场喂猪。没想到，看似老实的猪也会调皮捣蛋，一旦伺候得它们不满意，就会朝我呲牙咧嘴发猪猡脾气。我无可奈何，哭着对猪唱起《金陵塔》发泄心中的怨恨。谁知，那几只调皮的猪，听见我的说唱声，竟如同听见咒语一般，立刻老老实实起来。无意之中，“为猪歌唱”成为我养猪的绝招。在大田里劳动时，农民不要我干农活，只须我站在大树下讲故事。大家都叫我“流动收音机”。

1973年，我从江西回沪，接受再分配。经过学习，我被安排在工厂医务室工作。业余时间，我参加文化馆曲艺队活动，有幸遇到杨华生、笑嘻嘻、绿杨等滑稽表演艺术家。在他们的言传身教下，我进入上海人民滑稽剧团工作，从艺多年，终于在观众中产生了一定的影响。

1997年，是我从艺生涯的第二十个年头。本想办次个人演出专场，轰轰烈烈地纪念一番，但是，仔细一想，搞个纪念演出完全可以，场面也会很热闹，剧场门口人来客往，花团锦簇。可是，用不了几天，再美丽鲜艳的花朵也会凋谢，再热闹非凡的场面也会被人淡忘。为此，我特地去请教了十发先生。艺术是相通的，十发先生对传统戏曲十分熟悉，他评论剧目和表演艺术往往四两拨千斤，一针见血，切中要害。曾经有位沪剧演员举办个人演唱会，请十发先生出席观看。观后，十发先生对表演者好评有加，但又直言不讳地提出意见：“节目安排得太多，犹如一桌好饭菜，太多则容易浪费。”

我把心事向十发先生倾诉，他提出了自己的真知灼见：“演员办演出专场是种好形式，可以让观众更加了解、喜欢这位演员。但是，滑稽艺术不同于其他剧种，演员需保留一点本事。如果一下子把自身说学做唱、跌打滚爬，十八般武艺统统亮相了，那以后还拿什么奉献给观众呢？”我很赞同十发先生的想法，但仍有顾虑：“从艺二十年毕竟是个有意义的日子，连时任国务院副总理吴邦国同志也为我写了贺

畅谈

词。不办行么？”十发先生饶有兴趣地问：“吴邦国副总理写了贺词？”“是的，‘洒向人间都是笑’。”“唔，句子真好。我帮你出个主意吧，不如写一本自传体的书，向关心你的领导和观众做个汇报，也是对自己艺术道路的回顾，怎么样？”“太好了，这真是个金点子。”不过，我向十发先生提了个要求：“请程先生为我的书作序。”十发先生不仅亲口答应，并吩咐儿子程多多参与封面设计。

十发先生的那篇序写得好极了，开宗明义地写道：“人问我喜爱何种戏剧，我骤然答曰：‘昆曲与滑稽。’人再问其故，我说通俗与高雅乃一事物之两面。高雅得脱离时代、脱离群众也高雅不起来，另一面即使易为人接受，缺少内涵，也就博一笑而味同嚼蜡，也乏艺术之价值。所以，我似有一种偏见，我以为滑稽也能成为高雅艺术。”他在这篇文章中，热情地写道：“近年我认识了滑稽戏艺术家王汝刚同志，我第一次看到他的作品是《补婚》，这作品有深刻的内涵，嬉笑皆成文章，使人笑出眼泪，用笑来批判生活，而且极为深刻。他的表演得到大众的欢迎，又通俗又高雅，我说这就是雅俗共赏——艺术最高的要求。王汝刚打开了这扇大门，祝他前途无量！从中得到一番道理，艺术不能脱离传统，不能离开生活，伟大的艺术贮藏在一颗种子中，我外行人说了外行话，只是一个心愿，恭祝上海滑稽戏艺术发扬光大，祝王汝刚同志前程远大！取得更大更多的艺术成果。”

序言由十发先生亲笔书写在信笺上，共有四页，十分珍贵。十发先生提到的独脚戏《补婚》是他在电视节目中看到的。这个节目上演后，确实得到不少好评。著名学者余秋雨教授、著名剧作家沙叶新先生等文化名人都曾给予肯定。舞美艺术家韩尚义先生还在《新民晚报》上以《不是钩开嘴巴的笑》为题，写了评论文章。不少观众也对我说，看了这个节目，使他们想起了那难忘的岁月。一个不过十五分钟的小节目能引起如此大的反响，是我始料不及的。而这篇序言对我所产生的强大动力，始终鼓励我坚持艺术生产、多出好作品。

2003年，我表演的独脚戏《爱心》获全国曲艺最高奖牡丹奖榜首。颁奖仪式结束后已是深夜，我回到家中，打开抽屉，轻轻取出这珍贵的四页信笺，再次朗读一遍，对十发先生的感激之情依然绵绵不绝。

十发先生为我画的漫画像,寥寥几笔神态生动有趣

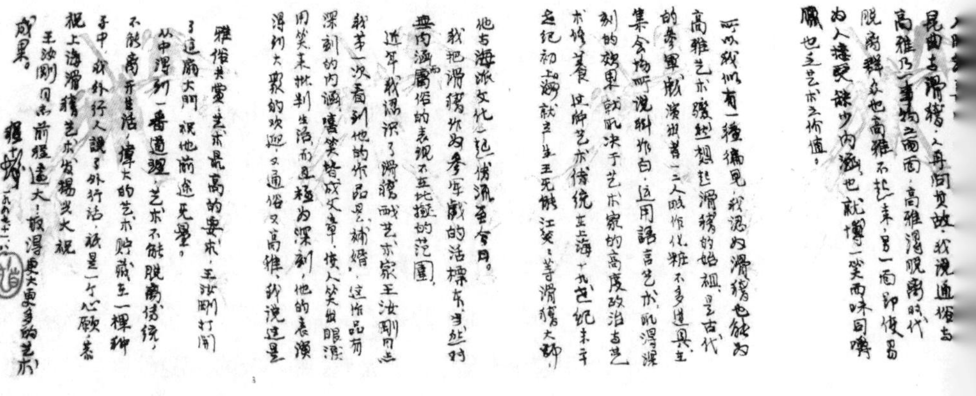

昆曲之滑稽，又再向貫故，我說通俗与高雅乃一事物之兩面，高雅渴脫離时代脫離群众也高雅不起来，另一面即使是为人接受，缺少内涵，也就博一笑而味同嚼蜡也之艺术之价值。

所以我们有一種偏見，我認为滑稽也能为高雅艺术，發起想起滑稽的始祖，是古代的参军戲演出者一二人啟作化粧不多道具去集会场所說科作白，运用語言艺术，所渴求到的效果，就取决于艺术家的高度政治与艺术修養。從前艺术傳统在上海十九世紀末至本世紀初上海就產生王无能、江笑笑等滑稽大師，他亦海派文化之一枝，傳流至今日。

我把滑稽作为参军戲的活標本，当然对其内涵而雅俗的表现不在比擬的范圍。

近年我認识了滑稽戲艺术家王汝剛同志，我第一次看到他的作品是《補婚》，这作品有深刻的内涵，嬉笑皆成文章，使人笑出眼淚，用笑来批判生活，而且極为深刻，他的表演得到大众的欢迎，又通俗又高雅，我说这是雅俗共賞，艺术最高的要求。王汝剛打開了這扇大門，祝他前途无量。

从中得到一番道理，艺术不能脫離傳统，不能離开生活，偉大的艺术貯藏在一棵棵种子中。我外行人說了外行话，祇是一个心願，恭祝上海滑稽艺术發揚光大，祝王汝剛同志前程遠大！做得更大更多的艺术成果。

程十髮 一九九七·十二·八

十发先生为我写的序言

“让大家开心开心。”

程十发先生家经常门庭若市，高朋满座。向他求字求画的人络绎不绝，对此，他自有一说：“其实我的字画没啥好，但是沾了祖先的光，不是姓‘除’，而是姓‘程’（乘），而且名字叫得好，叫程十发。有些人对这个发字情有独钟，尤其是广东人，最喜欢这个发字。哇，这个人不得了，人家难得发一发，他却要发十发，十十足足发，所以请我写公司招牌的特别多，现在只差公共厕所没让我题了……其实不一定的，发财是好事，但发寒热、发神经、发花痴就不妙了，哈哈。其实，我奉行做人的宗旨就是让大家开心开心。”

与十发先生交往以来，我曾亲眼目睹他不计报酬，为社会做了许多好事，目的的确只有一个——“让大家开心开心”。

20世纪90年代初，国家决定在上海举行东亚运动会，并且发动全社会捐款。十发先生亲自绘制作品，通过拍卖获得巨款，悉数捐赠给东亚运动会办公室，自己分文不取。购买收藏这幅作品的房产公司老总钦佩十发先生的高尚行为，诚心诚意设便宴招待他。于是，十发先生与夫人在我和舞蹈家汪齐凤的陪同下，来到了虹口台湾城餐厅，时任虹口区区长的黄跃金同志也亲自赶来会晤大师，向大师致敬。十发先生谦和地摇摇手：“我没有做什么事，只不过让大家开心开心。”

正是由于十发先生天生好脾气，奉行“让大家开心”的宗旨，因此总是有求必应。每天不断有人上门求墨宝，有些人还会理直气壮打电话来催：“程先生，我请你写几个字，已经三天啦，还没有写好？”十发先生总是和蔼可亲地回答：“请你不要急，再过两天吧。”放下电话，他会摇头苦笑：“唉，熟悉我的人，知道我是画家，天天在躲画债。不了解我的人，还以为我欠了人家一屁股债。”

一位理发师找上门，请先生题名，以壮声威。十发先生不加思索，提笔写下：“要人家好看”。一家夜总会请他题字，十发先生欣然命笔：“金色世界”。未几，这家夜总会因搞色情活动被取缔，十发先生叹气：“我题的是‘金色世界’，谁知道它是‘下流世界’，唉，真正‘一天世界’。”

一位大龄姑娘，一直没有找到对象，她请十发先生为自己的书房题个斋名。十发先生问：“你要我题什么斋名？”姑娘说：“就叫自然斋

观看十发先生作画

我与十发先生共写“笑”字

吧。”十发先生一笑：“不妥当，我帮你改一下吧。”随即写了三个字：“自悦斋”。另有一位善画花卉的画家，请十发先生为其画展题词：“花间情思”。十发先生想了想，说：“这个题目不好，人家以为你发花痴呢。”遂笑着改题为“花间寻诗”。

有位擅写梅花的画家生日，程十发先生写诗一首祝贺：“一树梅花报晓春，前身应是野山参。千年磨炼无雕琢，只有醇香万古心。”知悉内情者见之哈哈大笑，因这位画家的祖上是开参茸行的大老板，专门买卖野山参。

某次，上海中国画院的画家们在苏州一家宾馆进行笔会。仓促之间，找不到羊毛桌垫，有人急中生智，将一块白色床单作代用品，画家们铺上宣纸，尽情挥洒，不多时，白色床单已染得五彩斑斓。服务员随手一抽，准备丢弃。十发先生眼明手快，接过床单，推了推眼镜，胸有成竹地说道：“这床单不就是一幅抽象画吗？”举起毛笔，稍加点缀，随即题上：“花非花，雾非雾，此三万六千顷之精灵，太古之原朴。”突发的想象力与应变力引得观者啧啧称奇。

听画院的朋友介绍，1984年秋，第六届全国美展在南京开幕。上海中国画院数十人共同赴南京参观，住在一家宾馆里。这么多人的食宿是笔不小的开支，带队的领导有些犯难。十发先生却不动声色，悄悄画了一张五尺整张的秋景人物，画中满幅枫叶，光影斑斓，一位小

十发先生在月季花展览会上示范

与画院同事周慧珺(左一)、张雷平(左二)在一起

1984年春节联欢会上为画院同事唱曲助兴

女孩，饶有兴趣地捡着飘零地上的落叶。这幅题为《夕霞红叶》的作品，十发先生主动送给宾馆留念，从而解决了难题。可贵的是，当时程十发先生还并未担任画院院长一职。大家知悉后，向十发先生表示感谢，他却微微一笑："没啥，主要让大家开心开心。"

每逢年末，画院举办迎春联欢会，全体画师、职工、退休工人悉数参加，程十发先生总会带头捐出一张画，让大家摸彩助兴。在他的倡议下，老画家朱屺瞻、刘旦宅等也纷纷加入了捐画队伍。在联欢会上，画院的同志们谈艺论画，热闹融洽得就像一家人。作为院长的程十发先生还会亲自为大家唱一段昆曲："我来唱一段，为大家助兴，唱得没什么好，主要让大家开心开心。"

画院到深圳办展览会，十发先生吩咐工作人员，把对方给画院提供的费用分发给大家，让大家到沙头角、中英街买些旅游纪念品。而他自己却留在宾馆作画，答谢对方。面对感谢与赞扬，十发先生总是笑着回答："没啥，没啥，主要让大家开心开心。"

十发先生率领画院同事慰问海军基地

“现在小偷的文化层次也高了。”

程十发先生是公认的艺术大师，山水、人物、花卉无所不能，无所不精。因此，十发先生的作品屡屡荣获国际、国内大奖，是海内外收藏家不惜重金收购的“抢手货”。人们都称他为“开山派”画家，“国宝级”大师。但是，十发先生从来没有因这些桂冠而孤芳自赏，而是虚怀若谷，谦虚谨慎，戒骄戒躁。他的子女都从事美术工作，作为父亲，十发先生一贯教导他们：“做人要想开些，自己没什么大不了的，除了能画几笔还有什么能耐？”他还曾对我说过：“古代画画的并没有什么了不得，社会地位很低。任何一位大画家，被召进宫创作，都还是要跪在皇帝面前画的。”

近年来画价飞涨，一纸千金。十发先生对此也有自己独特的看法：“现在物价，多多少少都在涨，画也不例外，这是正常的。放在以前，普通百姓花很大代价去买张画是不可能的，这说明现在人民生活水平提高了嘛。尽管如此，但是画家自己也应当‘识相’，不应该‘唯利是图’，而是要‘唯美是图’，不能在铜钿眼里翻跟头。”

1995年4月，“程十发作品回顾展”在上海美术馆隆重举行，嘉宾云集，观者如云。我与潘虹也到现场观摩。看到这么多精美的画作，潘虹不知触动哪根神经，竟对我说：“程先生这么多的好作品放在这里，

十发先生个人画展开幕

潘虹喂十发先生蔬菜

十发先生与潘虹在一起

会不会给人家偷去?”

艺术家的灵感是奇妙的,画展失窃的事不幸被言中。两天后传来消息,“程十发作品回顾展”中三幅精品不翼而飞。十发先生得到消息后,处之泰然,甚至还豁达地开起玩笑说:“勿容易,现在小偷的文化层次也高了,专偷‘高雅艺术’了。”

少顷,十发先生又说:“要怪我自己不好,开什么画展呢?看得人家眼红,自然要下手。以前,有家出版社的年轻编辑来我家,约稿出版作品。我答应了,画好稿子通知他来取,谁知,这位编辑粗心大意,不当心把我的原稿遗失了。出版社领导知道后，请他吃排头(批评)，还一定要他赔偿。这位编辑愁眉苦脸来找我，原来他不久要结婚，手头也不宽裕，请求我宽恕他。我见他痛苦的样子，心中不忍，就重新画了一张，这件事情就算过去了。类似情况发生过好几次，大概小偷摸熟了我的脾气，晓得我肯做好人，损失东西不要人家赔偿的，所以这次变本加厉，一下子卷走三张画。"

其实，要想得到十发先生的作品并不难，一般来说，只要朋友开口，必有所获。不过也有例外：有一次，一位外地的大款神气活现地来到十发先生家里索画。他口气很大，开口就说："我这个人，一天到晚与钞票打交道，每天看得我头昏脑涨，对钱实在没有感觉了。因此，我每到晚上，必须要看几张好画才能入睡，否则睡不稳，一般画家的作品我还看不上眼，像你这样的大师……"言下之意，他是看得起十发先生，才来要张画。

十发先生不甘示弱，针锋相对："巧了，我也有个爱好，天天晚上要数几张钞票才能入睡，美金、日元、人民币都可以。"那人碰了个软钉子，悻悻而去。

十发先生对名利十分淡泊，而且急公好义，因此也上过不少当。一次，门外有位素不相识的外地姑娘求见，见了十发先生就痛哭流涕，声称老父有病，送来上海某大医院开刀治疗。主刀医生不肯收红包，唯一要求请十发先生作画一幅。姑娘救父心切，这才找上门来。十发先生心太软，立即磨墨调色，精心绘制作品相赠，意在救人一命。不料，数月后这幅画竟出现在拍卖杂志里，出售者就是那位"救父心切"的外地姑娘！

另有一次，有位朋友拿了张从外面买来的十发先生早年的画给他鉴赏。十发先生一看就发现是赝品，但又不忍心告诉朋友上当了，只得婉转地对他说："这幅画我画得不好，你过两天来，我换幅好的给你。"朋友走后，他就自己画了一幅真迹，还给对方，这才说明真相，还一再关照，让朋友"以后买画要千万当心了"。其实，十发先生知道社会上有不少模仿他笔法的赝品，虽然心里不满，但又无法杜绝，于是只能转而自嘲："他们知道我来不及画呀，所以都在帮我的忙。"

“一同前进请帮忙。”

十发先生为悦阳画作题词

吾儿王悦阳，天性平常，与同龄人相比显得有些少年老成。他从小对电玩之类时尚游戏不甚精通，最大乐趣就是信手涂鸦，往往一支笔、几张白纸足以打发半天。长此以往，熟能生巧，画些公鸡小鸭、花卉游鱼，倒也有些模样。偏偏我对美术是个门外汉。在与十发先生闲谈时，我把王悦阳情况对他作介绍。十发先生淡淡一笑：“有空带小朋友来白相。”

于是，我牵着六七岁的王悦阳，踏进程十发先生府上，意在仰仗大师之力，多哺育小儿些文化乳汁。

在十发先生身边，我领略到不少真才实学，对吾儿王悦阳来说，更是开拓视野、聆听垂教的好机缘。蒙大师不弃，对悦阳的涂鸦之作，加以修改和批示。有时大师作画，也让他在一旁观摩。因此，每次悦阳从大师身边归来，都会欣喜万分，还会回忆大师笔法，来个依葫芦画瓢，虽然东施效颦，往往乐此不疲。然稚子可教，王悦阳画技渐有长进。偶尔福至心灵，落笔有神，画出张像样的图画，他便喜不自禁，向大师“献宝”。难能可贵的是，十发先生对后辈特别关爱，不仅亲口传授，还会亲笔批改斧正。哪怕是幼稚的习作，他也会题跋说明“此作品画于某年，时年悦阳年方几岁”，鼓励后辈进步，见证后辈成长。

悦阳作品《普罗旺斯花树》

我惴惴不安，对十

程十发(右一)、程多多(右二)、程昆“三人行”

我们全家与十发先生

发先生表示歉意,责怪王悦阳不该占用大师宝贵时间和精力。十发先生却幽默地讲:“不妨的,邓小平同志讲,学电脑要从娃娃抓起。书画艺术是民族的瑰宝,也应当从娃娃抓起。你们是为我创造条件,让我有机会响应党中央号召。”

十发先生四代同堂,儿孙绕膝。王悦阳与程家小辈都相处得很好,特别是与多多的女儿程蔚相交甚笃,一直以“姐弟”相称。为此,十发先生对多多说:“我看你蛮欢喜悦阳,不如收他为寄儿子(干儿子)吧。”承蒙程多多、鲍心蓉夫妇不弃,欣然从命。我与夫人郭幼炎自然大喜过望。

1998年12月20日,程王两家假座西郊金虹俱乐部举办认亲家宴。是日,高朋满座,十发先生的两位公子程助、程多多率众位亲属出席,十发先生的好友:将军画家任永贵夫妇,足球名教练徐根宝夫妇,昆曲表演艺术家蔡正仁、计镇华、梁谷音、岳美缇、张静娴老师,名票友

十发先生与计镇华(左一)、悦阳(左二)唱昆曲

孙天申女士等均到场祝贺。

金牌司仪曹可凡先生主持认亲仪式：王悦阳对程十发爷爷及程多多夫妇鞠躬致意，敬献鲜花。程老送给王悦阳的礼物最有意义：一方洒金红笺，亲笔赐名“程昆”二字。多多夫妇赠送金笔等礼物给王悦阳，希望他认真学习，勤于笔耕。那天，程老神采奕奕、心情舒畅，起身吟唱一曲《刀会》，字正腔圆，响遏行云，回肠荡气，赢得众人满堂喝采。大家纷纷向十发先生表示祝贺：“程先生，祝贺你收了个大胖孙子。”程老闻言，笑容可掬：“蛮好，蛮好，人多么，闹猛点。”

程十发先生喜爱昆曲，与儿子多多成立“多多曲社”。每逢曲社活动，程府热闹非凡，沪上昆剧名家都愿意围坐在大师身边，击节吟唱。如果此刻王悦阳上门，程老会让他坐在自己身边，手捧工尺曲谱，同声和唱。遇到生僻字句，还会解文释义，意在培养王悦阳对传统艺术的兴趣。

后来，王悦阳就读于同济大学，学校提倡学生参与社会活动。悦阳与几位志同道合的同学筹备恢复成立同济昆曲社。此举得到校领导周家伦书记、李公宇主席和导师朱恒夫教授、钱虹教授的支持。王

认亲仪式上，十发先生向来宾介绍悦阳

十发先生与悦阳谈艺

悦阳与十发爷爷无话不谈

悦阳和同学公开在校园招收爱好者，最多达百余人。老师和同学一致肯定了王悦阳的工作，他被大家推选为同济昆曲社社长。

程老知悉后，十分高兴，对王悦阳叮嘱道："以前同济昆曲社很有名气，曲社社长是大名鼎鼎的陈从周教授，希望你们能发扬光大。"王悦阳对爷爷叹苦经："准备组织活动，大学生学唱昆曲，但是苦于缺乏师资。"程老哈哈一笑，转身对"多多曲社"的昆剧艺术家求援。曲社的艺术家深为程老弘扬优秀文化的精神感动，一致表态："大师登高一呼，我们尽力效劳。"王悦阳感激程老鼎力相助，珍惜学校的信任，积极组织多次活动。上海昆剧艺术家蔡正仁、计镇华、岳美缇、梁谷音、张洵澎、刘异龙以及青年演员张军、谷好好、沈昳丽、吴双、袁国良等积极参加，影响很大。由于对振兴昆曲、弘扬民族文化做了有益的工作，同济昆曲社受到学校多次表扬，还被上海市教育委员会批准为大学生戏曲艺术教育基地，并且拨给活动专款。

2004年秋天，共青团中央领导来上海视察当代大学生思想教育工作。王悦阳受到共青团中央领导的接见，他向领导专题汇报同济昆曲社开展民族戏曲普及活动的情况。汇报提纲中有一条关键词提到，艺术大师程十发先生对昆曲进校园的鼎力相助：不仅委派儿子程多多参加普及活动，还欣然命笔，写下"兰馨大雅"四个字作为系列活动的会标。王悦阳的汇报引起了共青团中央领导的重视，在总结报告中专门提到社会贤达对当代大学生的关怀。王悦阳还作为典型例子参与拍摄由中央电视台、中国教育电视台联合摄制的大型专题政论片《青春中国》，在中央电视台播放后广受好评。面对殊荣，王悦阳清醒地认识到："我能取得这些成绩，最应当感谢的还是程十发爷爷。"

耳边说起悄悄话

王悦阳年满18岁，我们没有专门为他举办成人礼。程十发先生知悉后，特地吩咐大儿子程助准备一张大红纸，热情洋溢地作诗一首："悦阳十八好时光，正是翩翩少年郎。老夫今年八十二，一同前进请帮忙。"寥寥二十八字，字里行间充满老牛舐犊之情，读之令人动容而深思。

“做当家人不容易。”

程十发先生曾经担任上海中国画院院长。他从1984年时年64岁开始，长期主持上海中国画院工作。由于十发先生工作认真，忠于事业，克己奉公，团结同志，使画院工作有了很大起色，多年被评为市级先进单位。

事实说明，十发先生不仅是位国画大家，还是位出色的管理者。他对创作题材的方向把握得很准，继承创新的路子把握得很稳，行政管理的方式把握得很深。他对画院的建设发展有着自己独到的思路和见解，集思广益，运筹帷幄，在关键时刻总能起到中流砥柱的作用。

十发先生担任院长期间，十分关心职工生活。为了解决职工住房困难问题，他不顾体弱多病，冒着酷暑，挥汗落墨，画就三十多幅作品，为职工购买商品住房。当年的情景，历历在目，我曾经亲眼看见十发先生穿着汗衫短裤，把自己关在“三釜书屋”和“修竹远山楼”的画室中，不停地创作。口渴了，喝几口冷茶；肚饥了，吃半只面包。眼看只差没几张就能全部完成任务时，十发先生终于累得病倒了。程十发院长的行为和精神感动了画院的同志们，最后，百岁高龄的朱屺瞻先生二话不说，帮助十发先生画完最后几张画，终于顺利地完成了任务，为画院换得十余套住房，经过调剂分配，解决了很多职工的住房问题。

十发先生对于年轻人的培养十分关心，这在上海文化界是有口皆碑的。他不仅积极推进文化体制改革，主张打破围墙，大胆引进人才，聘请兼职画师，还坚决支持把年轻人推上院领导岗位。1991年，崭露头角的青年画家施大畏担任画院副院长时，只有41岁。正是十发先生的推荐和信任，使得施大畏先生在画院管理上得到了实实在在的锻炼，从而为他日后全面主持画院工作奠定了扎实的基础。

施大畏先生对老院长非常尊重，虽然两人年龄差异很大，但是很有感情。他曾经说：“程先生对青年人非常和蔼可亲，往往鼓励的多，批评的少，就是非要批评也很婉转，批评中还不忘带着表扬，所以在画院的年轻人的心目中他始终是个慈祥而又宽容的长者。”

施大畏先生还透露过一件让他印象很深的往事：当年，大畏刚进画院，还是个风华正茂的小伙子。那次正好轮到他大年三十值夜班。除夕之夜，天空飘雪，寒风刺骨，大畏正在值班室里看报纸，没想到程

十发先生与百岁画家朱屺瞻先生(右)

十发院长走了进来，关切地问寒问暖。他特别提醒大畏：一定要加强责任心，要看护好国家的财产，尤其是画院的画库里，珍藏着大量珍贵书画作品，千万麻痹大意不得。原来，这天晚上，虽然程先生在家吃过年夜饭，心里却还挂念着画院的安全，因此，深夜冒着严寒，专程步行到画院来叮嘱值班人员监守岗位。从程十发先生身上，施大畏看到了老院长对于画院真诚的热爱和强烈的责任感。

新世纪伊始，程十发先生年事已高，明显感到担任院长之职力不从心。他多次向上级党委提出，接受他辞去画院院长之职的请求。市文广局经过郑重研究，明确表态鉴于程老在海内外的影响和威望，要程十发先生继续担任上海中国画院院长。但是，在具体工作方面也作了周密的安排：由施大畏先生担任常务院长，十发先生则不必每天坐班办公。

上海中国画院部分新老领导合影（前排为程十发，后排左起分别为：车鹏飞、韩硕、钱琦琦、施大畏）

十发先生(左二)亲自登上画院新大楼工地视察

施大畏院长(前右一)陪同十发先生(前右二)视察画院工地

十发先生服从组织的安排，把画院的事务放心地托付给施大畏。施大畏尊重、体谅老院长体弱多病，许多事情不能够亲历亲为。但是，每当画院有重大问题，特别是研究改革上的措施和方案，他都会亲自带领画院干部到程府来听取老院长意见，进行现场办公。

可以说，在晚年程十发先生心目中，最大的事情莫过于画院干部来他家办公。他往往隔天就会做好准备，谢绝其他来客访问，以便专心致志投入公务。好几次，我目睹十发先生热情接待施大畏院长等干部，众人稍加寒暄，就关上书房大门，开始认真工作。短则个把小时，长则两三小时，才能把公务处理完毕。送走施院长等人后，十发先生守口如瓶，决不会谈论刚才工作的内容。常说的一句话就是：“做当家人不容易。大畏有能力，有本事。”

画院建造新大楼，十发先生认真审阅设计图，关心工程进度，甚至头戴安全帽，走上脚手架，亲自视察建筑工地。他还特别关照在旧楼拆迁之时，保护好文物：“我的办公室里有几扇雕花窗，那是文物，不要随便丢掉，等到新房落成后，可以装潢在上面。”

几年来，上海中国画院成绩斐然，不少作品荣获国家级大奖。新办公大楼落成，开门办学，试行创作课题制，聘请兼职画师，都引起很好反响，并且成为中宣部确定的全国文化改革试点单位。

2004年，十发先生坚决辞去院长职务，极力推荐施大畏接任上海中国画院院长。上级批准了他的请求，但是仍请程十发先生担任名誉院长。因此，老院长程十发一如既往，继续关注着画院的工作。每逢画院其他同志来拜访老院长，谈论工作，十发先生总是认真听讲，然后和颜悦色地提出自己的看法，最后总不忘加一句：“这是我不成熟的意见，供你们参考。一切请你们再去与大畏院长商量决定。”

殷一璀(前右一)、王仲伟(前右三)、张止静(后右二)、穆端正(后右三)等领导上门探望十发先生

“摇呀摇，摇到外婆桥……”

有一天，我去程府小坐，十发先生问我：“迭两天，侬有空吗，阿好陪我到外婆家去一趟？”我一听就笑了：“程先生，侬又在出噱头，人家小朋友唱山歌，‘摇呀摇，摇到外婆桥，外婆叫我好宝宝……’侬是位老宝宝啦，还想着外婆家？”十发先生告诉我：“最近，我祖居地金山枫泾镇领导来找我，他们对我说，枫泾镇要开发江南水乡旅游景区，我的祖居也在修复范围。想想真不好意思，我自己的祖居倒要政府来修复。不过，开发旅游业毕竟是件好事。这两天，我让多多找出点东西，送给枫泾镇。”我说：“程先生，你又为家乡人民作奉献了。”十发先生摆摆手，再次说道：“这个应该的，一个人到地球上走一趟多少应该付出的，就像付房钿。”在一边的多多说：“还有一个原因，这几天，报纸上介绍电影《摇啊摇，摇到外婆桥》，老人家看见片名，想念外婆家了，因此想去外婆家走走。”听了他们的话，我很感动：“这个不难，我先去联络一下。”当下问明地址，匆匆告辞。

2000年10月16日，十发先生带着我们一行四五人，出门探亲访友。金秋清晨，天气偶有小雨，仿佛经过拂尘净街，空气分外新鲜。车

陪十发先生游览古镇

十发先生在西塘外婆家

子开出市区，顿时晴空万里，十发先生兴致勃勃："雨不下啦，这是老天给我面子，介大年纪，还算有孝心去看望外婆。"

不到两小时，一行人已经来到浙江嘉善县魏塘镇。尽管程十发先生一再关照，不要惊动当地领导，县文联领导知悉程十发大师光临，欣然亲自前来迎接，并且指定嘉善县文联副主席金梅先生全程陪同。

十发先生的外婆家在离县城十里路的"张径汇"，如今这里已改称"惠民镇"。虽然那儿不过是个普通的水乡小镇，地理位置却很独特：西走十里路是嘉善魏塘镇，属于浙江省；东行十里路是金山枫泾镇，属于上海市。十发先生笑称："古代，上海属于吴国，浙江属于越国，我是正宗吴越人。"

老镇范围不大，不过一条石板路，数十户人家。十发先生登上古桥头，站在石栏前，心情激动。尽管历经沧桑，古镇面目全非，他还是竭力回忆着儿时印象，寻觅儿时足迹："我记得很清楚，这里是家烟纸店，外婆经常买乌龟糖给我吃；对门有家小茶馆，每天早上最热闹；那旁住着一个泥水匠，不光灶头砌得好，画灶头的本事也是很大的。"

毕竟年代相隔遥远，尽管两旁鳞次栉比的旧屋尚存，一行人兜了一大圈，就是找不到十发先生的外婆家。当地百姓民风淳朴，主动上前询问我们。十发先生告诉他们："我们寻找丁家。"乡人闻讯，马上热情地带我们去丁氏旧居。

众人来到丁氏旧居，只见一片断壁残垣，依稀能辨出旧时痕迹，就是不得其门而入。众人面面相觑，一筹莫展。说也奇怪，不知什么时候，一位五短身材的老者出现在我们眼前。他的打扮特别有意思，脸上戴一副金丝边眼镜，头顶黑帽，身着对襟中式衣裤，好似一位乡间绅士，简直让时光倒退五十年。但是这身打扮，却与这破旧不堪的民宅惊人地吻合。

那人自称是从小生活在此的"老土地"，他说："我是丁家老邻居，知悉大画家寻觅外婆家，特地代表乡邻前来表示欢迎。"十发先生喜形于色，亲切地与他交谈。说来正巧，这位老人与十发先生同庚，也属鸡，今年正巧年龄80。因此两人见面，分外亲热，十发先生主动提议拍照留念。

十发先生与同龄老乡合影

我与十发先生在西塘

十发先生向他打听说："我的印象中，这里原是条石板长街。"老人告诉十发先生："这里原名丁家弄，确实是条石板长街，1958年'大跃进'时，石板全部去筑陇沟了。"十发先生关切地问起外婆家后人的情况，那老人告诉十发先生："丁家后代子孙满堂，大部分生活在浙江嘉兴，还有些人，在北京工作，你的外婆是个好人，因此她子孙满堂有福报啊。"老人的话，勾起了十发先生无限的思念，他讲起儿时的情景："我小的时候，当时大约只有五六岁，来过外婆家，不知为啥原因，只来过一次，住了好几天，以后再也没来过。但是，我对外婆的印象还是很深的，有些事情至今还记得：外婆是位慈祥的老人，待人接物很客气。尽管当时生活很苦，但是家里来了客人，外婆一定会留饭，而且招待得不马虎，有时走官塘路去嘉善买菜打酒，有时摇船去枫泾购买杂物，反正两边都是十里路。万一自己事多走不开，就请邻居中帮闲的人走一趟。每逢此时，外婆还总要求邻居带着我一起去，主要想让我开开眼界。"

站在旧宅前，十发先生感慨万千，他说道："今天总算到外婆家了，'摇啊摇，摇到外婆桥，外婆叫我好宝宝'。现在要改一改了。"说罢，老人家竟开心地轻声吟唱起儿歌来了："摇啊摇，摇啊摇，摇到外婆桥，外婆见我吓一跳，外孙哪能直梗（这样）老，哈哈……"

在那位老人的带领下，我们穿过邻家院落，终于寻觅来到丁家老屋。原来的旧屋早已荡然无存，只留下一个杂草丛生的小院子和半间农家厨房。踏进厨房，十发先生眼睛顿时一亮，他全神贯注，左右打量。多多轻声问："阿是这里？"十发先生凝视着旧窗格、青砖地，兴奋地回答："是的，就是这里，喏，这方砖地的花纹依旧还在，进厨房门左面是灶台，旁边放只旧架橱。对的，一点不错。"废弃多年的灶台上满是灰尘，十发先生情不自禁伸出双手，抚摸着旧灶台，喃喃而语："对，这就是外婆家的灶台，好吃的南瓜摊饼，炒熟的蚕豆，真香啊……"

在我们再三敦促下，十发先生才依依不舍，缓缓离开旧宅。临出小院门，他又一次眷恋地转身，百感交集，面对空屋喊了一声："外婆，外孙来看过侬啦。" 此景此情，我长忆脑海。

当天下午，十发先生游览西塘镇区，镇领导请十发先生对保护古镇风貌出些主意。十发先生直言不讳提意见:“有些建筑物,保护得不错。但如水上的画舫等,颜色过于浓重,与古镇原始风貌不符合。另外,风景区电线杆太多。”

黄昏时,大家拜谒位于嘉善的元代大画家吴镇之墓。十发先生观察得很仔细,再三称赞,古墓修得好,管理得好。他说:“据我所知,古代江南大画家中就数吴镇先生福气顶好,他的墓非但没有遭破坏,而且至今保护得很好。”有人介绍,今年是吴镇先生诞辰720年,9月份刚开过纪念会,也曾邀请过十发大师。十发先生幽默地说:“收到请帖,有事未来,十分失礼,故现在不请自来。”

拜谒吴镇墓

“这场运动，唉，大革文化命……”

我曾经翻阅过一本介绍我国十年文化大革命的画册，上面有程十发等艺术大家的漫画像，十发先生的形象被彻底丑化，蓬头垢面，胡须拉碴……在文化大革命中，十发先生可谓吃尽苦头。

十发先生成名较早，1957年，他参加上海中国画院工作，同年，光荣地加入中国共产党，并担任过画院的秘书长。他艺术成就也同样引人注目。他创作的大型国画《歌唱祖国的春天》在高手如云的第一届全国青年美展上脱颖而出，获得一等奖；还有不少作品被中南海、人民大会堂、中国革命历史博物馆等机构收藏。但是，开展“四清”运动和文化大革命后，历史的本来面目被彻底否定，一夜之间，前途光明的程十发成了“阶级敌人”。主要罪名有：他是“资产阶级文艺黑线的既得利益者”，属于“三名三高”人物，关键一点，他曾创作过《海瑞罢官》的连环画，而众所周知，这场史无前例的文化大革命的导火线就是与《海瑞罢官》有关。

提起这场史无前例的文化大革命运动，十发先生深恶痛绝，他的评价是“这场运动，唉，大革文化命……”十发先生曾告诉我，“文革”运动一开始，他就被列为“牛鬼蛇神”、“无产阶级专政的对象”。而且那时，他正当年富力壮，所以被批斗的次数比别人多。造反派不仅在政治上压迫他，还在生活待遇上克扣他，正常的工资被扣发，每月只有70元生活费。如此一来，除去40元付房租，囊中所剩无几。还要维持全家四五口人的生计，非常艰苦。然而有人问他生活状况时，他不敢明说，生怕造反派说他污蔑大好的革命形势。因此，他来个迂回之论：“生活蛮好，每天

“文革”前夕十发先生与儿女在北京

吃饭，有菜，有汤。”若是信得过的朋友，他就会加上几句：“菜是‘四川菜’（没有油水，清水里一氽的菜），汤是‘广东汤’（没有东西，肚子里逛东逛西的汤）。”

有一次，画院批斗“反动学术权威程十发”，由于他迟迟未归家，家人焦急地在延庆路口等候，只见十发先生胸前挂着一块吊牌，慢悠悠地走了回来。家人忙赶上前，关切地问怎么回事？十发先生指着吊牌说：“今天批斗，挨批的人都挂一块‘牛鬼蛇神’吊牌。批斗结束，造反派规定我们不许取下牌子。好些人走出画院后就偷偷取下吊牌。我偏挂在胸前，乘公交车回家。车上乘客先是惊奇地看着我，接着不声不响望着我，但是，没有人敌视我，倒有不少人在同情中流露出一种敬佩。不知怎么搞得，我被批斗的怨气，一下子受到抚慰。”正是在这种调侃中，十发先生才取下挂在胸前的吊牌：“现在好取下来了，我不想吓煞自家人。”

还有一次，十发先生被批斗回来，被弄得浑身墨汁和糨糊。他回家后，先走进卫生间，洗脸换衣，然后才去见家人。明明遭到造反派污辱、欺凌，为了不让家人担心，竟然以轻松的口吻说：“今天斗我的造反派不是专业造反队出来的，大概从前学过美术，他们不拿我当人，把我变成了宣纸，在我身上泼墨汁，还朝我身上刮糨糊，好像在我身体上裱画。”

有一次，程十发先生挨斗后回家后竟然在发笑。家人奇怪问他为啥发笑？原来，丰子恺先生是上海画院老院长，“文革”时，他与十发先生同关在一个“牛棚”里。丰子恺是位虔诚的佛教徒，造反派故意为难他：在他的饭碗里加上一大块肥肉，丰子恺面呈难色。十发先生趁造反派不注意，不动声色地把肥肉夹进自己饭碗，低着头，赶快吃掉。丰子恺向十发道谢：“谢谢侬，帮我吃掉肉。”十发先生却说：“谢谢侬，让我捡到便宜货。”

十发先生还曾冒大不韪，对友人俞汝捷谈论“红都女皇”江青的不学无术。他在一本油印的《关于红楼梦问题（江青同志与美国作家维特克夫人谈话纪要）》上面，加上他的数十条批语，都是对江青所犯常识性错误的揭露。譬如，当江青谈到曹寅“这个人很有学问，能

“文革”中坚持作画

作曲，但不是北曲”时，他批道：“曹寅所作《续琵琶》，正是北曲。”当江青谈到薛宝钗念给贾宝玉听的那首《寄生草》系关汉卿所作，并将关与但丁、莎士比亚胡乱比较一通后，他又批道：“《寄生草》引自清初丘园所作传奇《虎囊弹·山门》，并非关汉卿所作。” 可以想象，在四害倒行逆施的日子里，说这些真话是需要何等的大智慧、大勇气！

在奉贤“五七”干校劳动时，十发先生与指挥家黄贻钧同睡一张上下铺，十发先生睡下铺，黄贻钧睡上铺。黄贻钧年龄比程十发大，身体不好，平均每小时要下床小便一次。以前黄贻钧与他人同睡上下铺，常常影响人家睡眠，人家很有意见，十发先生是老好人，日常时久倒也习惯了。他甚至还把黄贻钧每小时要小便一次的情况，风趣地比作古代计时的“铜壶滴漏”。后来，农场劳动改造结束，十发先生被释放回家，有好长一段时间却患上了失眠症，究其原因，十发先

“文革”后期的十发先生，其心情正如眼前的盆景，老株勃发

生自嘲道："噢，大概是听不到'铜壶滴漏'的缘故，不习惯了，哈哈。"

十发先生还告诉我，他对周信芳的麒派艺术敬佩之至，但是原先与周信芳先生并不熟识，是《海瑞罢官》将他们联系在一起。周先生因演海瑞惨遭迫害，程先生因绘海瑞而受株连。批斗会上，两位艺术家紧挨着低头"认罪"。佩戴红袖章的红卫兵气势汹汹质问十发先生："老实交待，你画的都是什么东西？"十发先生明知这伙人要自己嘴里说出"专画帝王将相、才子佳人"，他却半真半假高声回答："死人。"造反派大怒："不许骂人。"十发先生镇定回答道："没有骂人呀。我画的多是古人，如海瑞、屈原、王昭君等，你想想，这些不都是死人吗？"一句话，说得现场哄堂大笑，斗争气氛大大被折煞了，红卫兵却抓不住把柄。批斗依然继续，造反派、红卫兵小将们还在声嘶力竭地喊叫。程先生充耳不闻，任思绪自由驰骋。他想，《海瑞罢官》不过是出戏，为什么会引起"文革"悲剧？是了，很可能当年言语隔阂，引起误会。海瑞是海南人，大学士徐阶是松江人，而嘉靖皇帝是北京人，三人言语不通，心灵难以沟通。要是早一点提倡讲普通话，就天下太平了，几百年后我们也不用在这里吃苦……十发先生低着头接受批斗，可是眼睛却注视着周信芳先生的一双脚，又想：周信芳舞台上叱咤风云，走圆场气度不凡，大步流星，谁知本人那双脚却是如此之小。要是日后我有机会登台唱戏的话，这双鞋子千万不可穿的，否则"穿小鞋"的日子肯定不好过呀……回忆起这些，十发先生对我说："如果现在要让我画周信芳先生的肖像，未必能传神，但是要我画周信芳先生的那双脚，我基本能绘得丝毫不差。因为每次开批斗会时，我们只能低头弯腰，周信芳先生那双脚早已清晰地储藏在我的脑海里了。"

面对如此险恶的形势，程十发先生尚能保持一种乐观的精神状态，非常人所能企及，他的幽默性格、智慧机智于此也可见一斑了。

“幽默二字，不太好解释。”

程十发先生不仅是位书画大师，还是位幽默大师。他活得乐观、豁达、超脱，以自己的生活方式，微笑地面对每一天。尽管我在舞台上唱滑稽，演喜剧，播洒笑的种子，但是，不得不承认十发先生比我有噱头。他才思敏捷，反应准确，言谈之中妙语连珠、充满机智，不经意间爆出智慧的火花。因此，称十发先生为“噱家大师”一点也不为过。我在他身边学到许多“噱头”，回想起来，依然令人忍俊不禁。

名片

程十发先生算得上大名鼎鼎，他的头衔有一大堆，“全国政协委员”、“上海中国画院院长”……所有头衔罗列起来，足足可以印上好几张名片，但十发先生名片上除了电话号码外，只有三个字：程十发。私下，他指着自己的名字对我说：“只有这条是准足的。”

博士茶馆

上海中国画院搞三产，办起一家茶馆，程十发先生为之题名“博士茶馆”。他解释道：“‘博士’谐音‘不是’，也就是告诉大家，画院还是画院，并‘不是茶馆’。”十发先生是画院院长，因此顺理成章当上了茶馆“董事长”。但是他为人谦虚，自称：“我属于不懂事的‘董事长’。”

即兴回答

日常生活中，程十发先生说话有些结巴，但是，他的即兴回答不仅流利，而且风趣：有人要求与大师合影，他都会满足，碰上姓顾的，他不忘道谢：“谢谢照顾。”遇到姓关的，则称谢：“多谢关照。”小姐请他吃香蕉，他回答得更妙：

老顽童本色

大师充当“法师”

十发先生生日宴会上,与陈燮君(中)和我在一起

十发先生晚年在枫泾祖居

“多谢小姐的‘美人蕉’(一种花卉)。”有人请他签名,他来者不拒说:“不要紧的,又不是开银行支票。”

大家称赞十发先生真是幽默!他却付之一笑:“幽默二字,在中文里解释不太好,幽默是幽灵的幽,默是默哀的默,吓人的。”

程先生认为“幽默”属于舶来品,当然也不能简单地译成“外国滑稽”或者“外国噱头”。但是中国的文学艺术既然讲究中国风格与中国气派,特别遇有掺入喜剧因素的地方,就应该有“噱”的趣味,方为上乘。

开画展

步入老年后,程十发先生谢绝不少应酬和活动,包括去国外办画展。有位富翁亲自上门动员十发先生去澳门开画展。十发先生推托身体不佳,车马劳顿吃不消,那富翁答应办理头等机舱座位。十发先生婉言谢绝:“我最近没有新作品,开不成画展。”那富翁不肯放弃,坚持说:“只要大师到场,没有画也不要紧。”十发先生闻言大笑:“没有画开什么画展,要么是开我的‘人体展览会’?”

四川人

冬日,天气变冷,程十发先生带着我们去吃四川火锅。饭店里热气腾腾,人头喧闹,店主见十发先生光临,招待得格外热情。十发先生吃得满意,称赞道:“四川不愧天府之国,名不虚传,火锅乃中华一绝也。”

不一会儿,传来阵阵鼓乐,一群穿着性感的男女青年,来为大师一行歌舞助兴。同行一位朋友起座责问:“坦胸露乳跳舞成何体统!”一时间,双方成僵局。十发先生见状,不慌不忙打圆场,他对老板道谢:“多谢,多谢,我们心领了。”转身对朋友解释:“大人穿得少么不像样,这些四川人都是小孩子呀,不妨的。”一场矛盾立即化解。我不解地问十发先生:“程先生,你怎么知道跳舞的是四川人?”十发先生得意道:“我一眼就看出来了,他们四肢都没有穿的嘛。”

流派

程十发先生酷爱传统戏曲,对京剧、昆剧更是情有独钟。不过,十发先生是欣赏多于演唱,喜欢观看及聆听,自己却唱得不多。对于这个问题,十发先生是这样解释的:“现在我唱得少,从前唱‘言派’,主要平常闲话太多,差点被打成‘右派’;‘文革’中唱‘尹派’,只好隐(尹)在肚子里唱;‘文革’结束唱‘麒派’,因为喉咙已经渐渐沙哑;现在主要唱‘谭派’,年老体衰痰(谭)太多,所以不能再唱了。”

一点不像

一次宴会上,大家对大胡子画家谢春彦的女儿赞不绝口,说她像谢春彦一样,聪明能干,而且长得漂亮。大师不以为然:“与她爸爸一点不像,没有一点遗传因子。”众人不解,追问十发先生,十发先生一脸正色:“喏,只有一点不像,谢春彦胡子介许多,他女儿却一点胡子也没有。”

长命百岁

有人初次看见程十发先生,恭维他说:“程大师,你气度不凡,精力充沛,身体真好,你一定能长命百岁。”十发先生笑着反问:“请问仁兄,你是不是姓阎?”那人一头雾水,喃喃地说:“我不姓阎。”十发打趣地说道:“只有阎罗王才知道我能活几岁,你既然不姓阎,肯定不是阎罗王,怎么会知道我能活几岁?”

亲戚

一位时髦女郎找到程十发先生,说道:“先生是社会名人,与海外人士经常有接触。希望程先生能介绍一些海外关系,能够让我嫁个‘外国郎君’。”程先生再三解释自己没有“海外关系”，那女子硬是不相信。十发先生只得“摊牌”：“我只晓得两个海外人士，有一位‘姑夫’，叫‘陈姑(果)夫’；还有一位‘姨夫’，叫邵姨(逸)夫！”

发酵粉

步入晚年后，十发先生身体状况较差，但是，他总是不让别人为他的健康情况担心，有病痛总是轻描淡写掩饰过去。一天，我去拜访先生，发现先生正坐在藤椅上，没有穿袜子，脚显得有些肿，我急切问他：“先生，你脚怎么肿得那么大？”十发先生说：“不碍，我放了发酵粉。”

最后一拍

随程十发先生参加老友追悼会，原来秩序井然，向遗体告别时，一位吊唁者捶胸顿足，号啕大哭，整个会场秩序大乱。有人责怪这位吊唁者：“人家人也死了，何必？”十发先生接口说：“这叫‘最后一拍’。”

理由

程十发先生极有涵养。每次坐车出门，到达目的地时，总不忘下车感谢司机：“谢谢，你车开得真好。”我与十发先生开玩笑，故意追问：“程先生，你说这位司机开车开得真好，究竟好在哪里？”十发先生答道：“好在一气呵成。”

化害为利

一次，十发先生游郊区，发现一家化工厂的大烟囱，正在吐出大量黑烟，严重破坏环境。同行者大多数愤愤不平，谴责该厂不重视环保，唯有十发先生，心平气和提出整改措施：“好办的，索性把上海墨汁厂搬到这家厂隔壁，可以化害为利。”

证据

十发先生对朋友总是真心实意。有位外地朋友，让子女来沪向十发先生求画，十发先生一口答应，挥毫画一幅《双鸭图》相赠。谁知这位仁兄看见作品后，竟认为这是假画。其子女无奈，只得再度来到“三釜书屋”，执意要看十发先生当场作画。十发先生非但乐意在来者的监视下挥毫，而且叫他们拍照作为证据。有人不解地问十发先生，为何如此迁就。十发先生善解人意地说：“怕朋友的子女过不了关。”

六根清净

政府反腐倡廉，干部必须廉洁奉公，十发先生极力支持，他说：“干部头脑中应当要有这种想法，当上了领导，就好像当上和尚，出家之后，必须要六根清净，不然的话，很容易出事体。”

同样效果

有位富商送给程十发先生一条丝绸内裤，他再三对十发先生说：“我买了这条裤子送给你，你必须自己穿，千万不要送人，因为这条丝绸裤子价钱很大，穿在身上很舒服，滑溜溜就像没有穿一样。”十发先生说：“我一分钱不花，倒也有同样的效果。”

几个孩子

一对夫妻，婚后多年没有生育，最讨厌别人询问他们有几个孩子。十发先生开导他们：“今后有人再问，你们理直气壮回答，一男一女，共有两个。”两人茫然不解，十发先生认真地解释道：“你们自己还年轻，本身就是一对男女孩子嘛。”

学方言不如学外语

一位公安干部，是十发先生的老朋友，长期在松江地区工作。由于他思想开拓创新，工作能力强，廉洁奉公，经过上级组织部门考察，将他调往市区担任要职。这位干部对十发先生吐

我与十发先生戴道冠

露心声："我到市区工作，看来还要学些'阿拉、阿拉'的上海话。"十发先生轻声安慰他："不妨，不妨，我到上海几十年，至今满口乡音，一点也不妨碍我生活。你也不必刻意去学什么上海话，一样要学语言，还不如多学些英文，用场倒大多了。"

只差一点

春暖花开时，十发先生去参观农民新村，一幢幢小别墅十分气派。村长请十发先生提意见，十发先生由衷赞道："不错，真好！"村长沾沾自喜，带领众人参观住宅，农民家里都用上了进口电器，村长好大喜功，故意再次征求意见。十发先生认真地回答："还差一点。"村长深感意外："差哪一点？"十发狡黠一笑："喏，还差一位'菲佣'。"

法名

新加坡广洽大和尚来沪，约程十发等老朋友相聚。席间，众人互相寒暄，自我介绍。宗教界人士分别起身合十："我是广洽法师"，"我是明旸法师"，"我是真禅法师"……快轮到程十发先生时，他心里有些焦虑："人家都有法名，我起个什么法名呢？真禅法师，明旸法师，对了，要么我的法名叫'红烧划水'。"

女秘书

一位农民企业家，财大气粗，拜访十发大师，倾吐心中烦恼："日子过得不舒心。身边缺少一个女秘书。"十发先生道："你可以公开招聘啊。"那人叹口气："唉，来报名的人倒不少，就是不合适。"十发先生问："你找的秘书有什么要求？"那人说："年轻漂亮。"十发先生明白了对方的意思，开导道："找秘书不是找对象，不必苛求年轻漂亮，应当首先考虑工作能力如何。"企业家说："那你的意见呢？"十发先生一本正经地说："你不妨找一个五六十岁的老太婆，满头白发，气度不凡。出去办事，没人欺侮，十拿九稳成功。""啥道理？""人家看见老秘书，一定会联想到你们公司历史悠久，属于少东家带老管家，办事牢靠。"

气功大师

一人自称气功大师，为程十发先生发功。他在离开十发先生十几步路的地方，伸出巴掌，边发功边问道："你有感觉吗？"十发先生摇摇头："没有。"气功师又朝前走几步，继续发功："这次有感觉吗？"十发先生回答："还是没有。"最后，气功师只得把手按在十发先生膝盖上问："这次有感觉了吗？"十发先生说："感觉有了，热的。"那人这才高兴地说："对啊，我一发功，你肯定有感觉的。"十发先生不紧不慢地说道："是啊，我感觉到你这只手是热的。"

手足之情

十发先生喜欢足球。当年徐根宝率中国男足冲击奥运会，结果"兵败吉隆坡"，全国一片谴责声。素昧平生的程十发先生专门托人送给徐根宝一部《孙子兵法》，鼓励他胜不骄，败不馁，徐根宝接到礼物大为感动。

后来，徐根宝专程拜访程十发先生，十发先生看见他就说："我们是手足之情。"徐根宝不解："你是大师，我们怎么能认兄弟呢？"十发先生道破天机："我绘画用手，你踢球用脚，这不是手足之情吗？"

为了培养下一代体育人才，徐根宝到崇明开设青少年足

十发先生(右一)与徐根宝(右三)等在一起

蟹王庙前立誓

坐轿子游五泄

球培训基地。在基地设施建设中，建筑工人砍掉了几棵桃树，遭到媒体点名批评，说徐根宝破坏绿化。程十发先生不服，对来探望他的领导仗义执言："不能冤枉徐根宝破坏绿化，这位记者连常识都不懂，五年树龄的桃树已不能开花结果，应当要砍除。更何况，徐根宝是为了培养下一代体育人才，这位记者也太小题大作了。"

蟹王庙立誓

十月金秋，我和一批朋友陪十发先生游览昆山。俗语说"秋风起，蟹脚痒，家家户户吃蟹忙"，十发先生却来到蟹王庙，面对蟹王立誓："我年纪大了，牙齿不好，从今以后，我再不吃蟹了，但愿蟹也不要来吃我。"大家都以为十发先生说戏话，没想到他说到做到，从那年起，再也没有吃过螃蟹。

天文台

松江佘山上有一座白色的圆顶建筑物，这就是远近闻名的佘山天文台。天文台的旁边则是号称远东第一大教堂的宗教场所——佘山天主教堂。十发先生开玩笑地说："天文台造在教堂旁边总归不太妥当。万一有一天，天文台的工作人员，拿着望远镜，观察天空，突然上帝从教堂顶上飞出来，工作人员不要吓煞啊？"

褒奖

有人向十发先生反映："现在评奖尺度过宽，动不动就是什么优秀青年艺术家啊，当代美术大师啊，这样下去，今后竟想不出怎么样去褒奖一位画家。"十发先生告诉他："看到优秀的人才，不必称他为大师，只须口头表扬他，你画得真好，仅次于凡·高——次凡·高（粢饭糕）。"

改编名著

程十发认为改编名著只要创作思路对头，是可以尝试的。他曾建议我改编《红楼梦》，从“刘姥姥三进大观园”的故事入手，编一部滑稽戏，借这位农村老妪的所见所闻，对封建制度加以揭示、讽刺。我认为程十发的创作思想并不是空穴来风，正是通过自己的聪明才智，将《红楼梦》读出了特殊的学术文化意蕴。

风声紧

任何一个人，看见程十发夫人张金锜女士时，都会感到十分亲切，一点也不陌生，可以配上一句越剧《红楼梦》的台词："哎，她好生面熟，好似在哪里见过的一般。"

只要有人点破就马上有人赞同。的确，无论从哪个角度看，张金锜和电影明星张瑞芳颇为神似。甚至有人说她和张瑞芳有三同，同性、同姓，且同年。十发先生闻言，一本正经摇摇手，轻声说道："这几天风声紧，不要讲。"随即用手指指日历，众人抬头一看，无不捧腹大笑，原来那天正是3月15日，全国打假日。

除了戏话，十发先生还很会讲笑话，一般来说，他不会主动先开口，多数是在听了别人说的笑话，忍耐不住，有感而发。往往一则生动有趣的故事，十发先生用他慢声细调的程派语调娓娓道来，总会逗得众人一片笑声。

辕门斩子

十发先生还曾说过一个段子：旧社会的戏班子劣习很多，有些艺人不讲戏德，上台演出不认真，还喜欢恶作剧捉弄人。有一次，某农村庙会，请来戏班子上演《辕门斩子》。这出戏说的是宋朝杨家将的故事：杨宗保与穆桂英临阵结亲，父亲杨六郎知悉后大发雷霆，不顾父子之情，将杨宗保绑在辕门外准备斩首，大义灭亲。幸亏穆桂英献上破敌所需的降龙木，这才免于一死。

十发先生(左一)与张瑞芳夫妇在一起

偏偏扮演儿子的艺人和扮演父亲的艺人是对死冤家。根据剧情，父亲必须把儿子捆绑起来，大义凛然，指着儿子的鼻子高声责骂。那位扮父亲的艺人很缺德，事先在手指头上蘸些蜂蜜，乘责骂儿子的机会，把蜜涂在那位艺人的鼻子上。当时，正是春暖花开之际，这下不得了，甜甜的糖浆引来无数只蜜蜂、苍蝇等小飞虫，全朝着涂有蜜的鼻头上进攻。那扮演儿子的艺人双手被捆绑，周身动弹不得，任凭飞虫叮咬，不一会鼻子被叮得像个烂草莓，痛苦万分，狼狈不堪，只得挤眉弄眼运动面部肌肉来驱赶飞虫。观众不知内情，纷纷起身责骂这扮演儿子的艺人演戏不认真。

“不好抢人家饭碗的。”

滑稽演员讲究语言节奏，不少令人捧腹的噱头，就是在变化多端的节奏中产生的。十发先生仪态大方，说话慢条斯理，略带口吃，从不手舞足蹈，眉飞色舞，但是不经意间说几句戏话，能产生强烈的喜剧效果，与滑稽演员异曲同工。程师母张金锜生前，曾操一口带杭州方言的上海话对我说：“小王，你们滑稽剧团缺少演员吗？十发这个人蛮滑稽的，可以与你搭档的。不过，说一大段么不来事的，要他站在旁边插一句，插一句，交关灵光。”十发先生得意一笑：“不好抢人家饭碗的。”

多年来，我记录了不少程十发先生与我的对话，如今读来，简直就像十发先生创作的独脚戏剧本。如今，许多噱头已经被我“改头换面”运用到舞台上，效果相当不错！

音乐喷泉

王：我家有位邻居老太太，她是宁波人，顶喜欢看越剧。

程：那是她的家乡戏。

王：她特别喜欢看苦戏，比如越剧《祥林嫂》。

程：是出大悲剧。

王：前几天电视台转播越剧《祥林嫂》，她早早吃了晚饭，拿了一条白毛巾，坐在电视机前面等待开演。

程：拿白毛巾做啥？

王：她说，戏很苦，她要哭的。

程：眼泪介多？

王：老太太感情很充沛，开演时间一到，戏还没有正式开始，音乐一起，她已经哭倒在地了。

程：噢哟，这倒像音乐喷泉。

精神抖擞

王：那位画家步入晚年后，身体一直不好。

程：看过医生吗？医生说他有什么毛病？

王：医生查不出毛病，他就是写字作画时，手有些颤抖。

程:手抖不要紧的,下次你安慰他两句。

王:怎么安慰?

程:对他说,手抖是精神好的表现,这叫精神抖擞(手)。

反动标语

王:有人告诉我,市面上出现许多假冒程十发的作品。

程:这是人家知道我忙,来不及画,相帮我画的。

王:现在甚至已经出现在拍卖行里了。

程:数目多吗?

王:听说有不少。

程:那你以后发现后,通知我去看看,关键看看里面阿有什么反动标语。

好男人

王:这位演员是个好男人。

程:何以见得?

王:他没有任何不良嗜好,没有财产纠纷,没有官司缠身,没有绯闻,没有两个以上的女友。

程:难怪这位仁兄不出名。

香港人穿衣裳

王:香港人穿衣裳很奇怪。

程:有什么奇怪?香港人穿衣裳很讲究,什么季节穿什么衣

听笑话,开怀大笑

裳，绝对不会搞错。

王：香港天气非常热，可是他们还穿西装，戴领带，不要热煞人？

程：这个说明他有身价，在写字楼办公，冷气很足。

王：还有几位不仅穿西服，还穿羊毛衫，这个说明啥？

程：说明这个朋友在高档写字楼办公，冷气非常足。

王：喔，现在我懂了，看见香港人热天衣服穿得多，一定是写字楼的高级白领。

程：不一定的，假如看见热天穿棉大衣的人，那就不是写字楼办公的白领。

王：那是干什么的？

程：看守冷库的工人。

荤素药品

王：程先生，这几天，你有些咳嗽？

程：是的，不但咳嗽，而且痰也蛮多。

王：你快吃些止咳嗽的药。

程：这几天，吃过素的药，效果不大。

王：程先生，你真会说笑话，药品如何分荤素呢？

程：药品当然分荤素两种，就拿咳嗽药来讲，有一种加蛇胆，称为"蛇胆川贝膏"，是荤的；另外一种只加陈皮，叫作"陈皮川贝膏"，就是素的。

王：（狂笑）

程：勿搭侬打棚（不和你开玩笑）。木瓜酒也有荤素两种，一种加了虎骨，称为"虎骨木瓜酒"，是荤的；另一种不加虎骨，叫作"木瓜酒"，是素的。庙里和尚吃的都是后一种。

礼品

王：我的老搭档李九松对你十分钦佩，他想上门作客。

程：欢迎，欢迎！

王：李九松说，他初次上门，不好意思空手而来。

程：我一样不缺。

王：九松说，他准备送给你一条香烟。

程：我有气喘病。

王：他还要送给你几瓶好酒。

程：我只吃酒酿。

王：九松说，最近电视里介绍一种龟鳖丸，据说效果很好，他要买二盒送给你。

程：千万不要去买，这个产品不牢靠，广告里说，产品采取正宗的野生老甲鱼精制而成，你们想呀，哪里会有这么多野生甲鱼？就是有，含量也不会多的，基本上，一个甲鱼可以吃一个区。

好猫不留种

王：说起这位艺术家，真是不容易，一辈子享有那么高的荣誉。可惜身后萧条，没有子女送终。

程：这有讲究的。

王：什么讲究？

程：正所谓"好猫不留种"也。

十发先生（中）与丁聪夫妇（右为沈峻）在枫泾

“这里大热天不出汗，勿灵的。”

从20世纪90年代中叶起，程十发先生几乎每年都会离开上海，去美国小住几个月。他与小儿子程多多、儿媳鲍心蓉以及孙女程蔚同住在旧金山郊外。

多多兄的家虽然在异国他乡，但是这里地处郊外半山坡，远离繁华的城市，满眼苍松翠柏、鸟语花香，环境十分优雅，颇有几分江南风光。早年，多多把旧金山的新居布置完毕，邀请父母前来小住。十发先生和夫人看到儿子的新居，感到非常欣慰和满意，老夫妻俩商量后，为新居题名为“九松山庄”，并由十发先生亲笔书写。

程师母去世后，多多和鲍心蓉多次接父亲来“九松山庄”居住。在这里，十发先生的饮食起居受到家人的悉心照料，孙女程蔚与爷爷更是亲热，嘘寒问暖，关怀备至。因此，十发先生心情开始好转，加上这里空气新鲜，饮食调和，身体状况大有改善。一家人都劝十发先生长期留在美国休养。但是，十发先生却念念不忘故乡上海。面对小辈的一片孝心，他并不直截了当地拒绝，而是半开玩笑半认真地对儿子媳妇说：“你们要我常住在美国，我可以考虑。不过，我有个要求，你们有办法做到吗？”儿子媳妇忙问道：“爹爹有什么要求？我们尽量

我们夫妇和十发先生、心蓉大嫂在旧金山

想办法。”十发先生笑眯眯地说：“能不能在山下建一座中国式的土地庙，里面供一对土地公公、土地婆婆？我看见他们，就能安心住在这里了。”儿子媳妇一听，不禁放声大笑，谁都明白，在异国他乡的土地上建土地庙，可不是一般的难题呀，十发先生想看见土地公公、土地婆婆，显而易见地表白了对故乡难舍的心迹。因此，他每年住在美国不过两三个月，就会回到上海，他经常自嘲：“我现在成了候鸟，根据季节飞来飞去。”

一日不见如隔三秋。说真话，十发先生在美国时间长了，我们这些上海的朋友真的很想念他。1998年12月，我接到多多兄从美国打来的电话。他告诉我，十发先生蛮惦念我们这些上海的朋友，想邀请我们夫妇到美国做客，我十分高兴地接受了邀请。

十发先生亲笔书写的邀请信颇为管用，一切手续都办理得很顺利。1999年3月，我和夫人一起踏上了美国的旅途。飞机经过十多个小时的颠簸，终于平安降落在旧金山机场。万万没有想到，十发先生坐着轮椅，亲自来机场接我们，他笑脸相迎，并套用流行的欢迎词说：“欢迎，欢迎，热烈欢迎。”心蓉大嫂告诉我们，这几天，十发先生多次询问她：“王先生啥辰光到？”并且细心地吩咐媳妇：“烧点大米粥，长途飞行的人吃粥最舒服。”

我们夫妇在旧金山小住了二十几天，生活过得相当愉快。特别看到十发先生在儿子媳妇的照顾下，健康状况大有改观，我们从心底里感到欣慰。此时的十发先生又恢复了昔日有规律的生活：黎明即起，梳洗后，媳妇为他端上早餐。这时，儿子已到超市买来好几份包括《新民晚报》在内的华文报纸。十发先生认真地把每份报纸看完，然后，与家

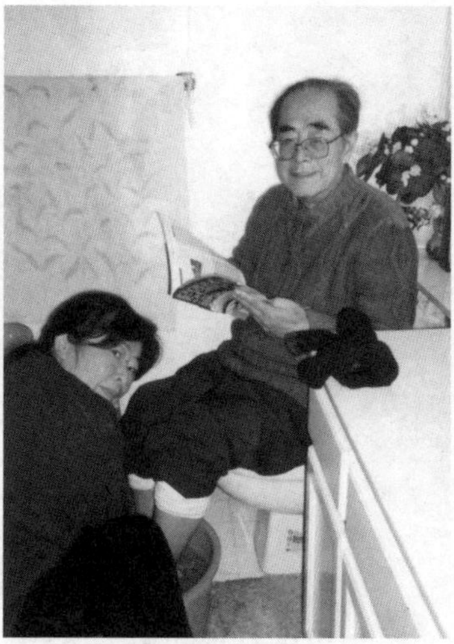

儿媳妇为公公洗脚

人坐在一起，谈论些对时事的感想。不时会有朋友来看望他，十发先生与客人们谈笑风生。午餐后，十发先生小睡一会儿，然后由多多开车，媳妇陪同他到外面去散步。用完晚餐，全家人聚在一起收看电视新闻，多多会把外语新闻中的内容告诉父亲。因此，十发先生虽然人在美国，却"秀才不出门，能知天下事"。时钟敲过十点，心蓉大嫂端来洗脚水，亲自为公公洗脚，经过热水护理，十发先生的睡眠质量当然是不错了。

每逢周末，是十发先生最高兴的日子，因为平时住校的孙女程蔚会回家来看望爷爷。程蔚就读于美国名牌高校伯克莱大学，她每次回家总给爷爷带来意外的喜悦，使爷爷开心不已。我曾看见程蔚从书包里取出两本自学校图书馆借来的书籍，那是两本中国明代昆曲的唱本。我很惊讶这两本明朝木刻本书籍竟然保存得如此完好无损，于是问十发先生："美国的大学里怎么有我们中国古籍书？"十发先生没有笑话我孤陋寡闻，而是耐心地对我介绍说："想不到吧，这个学校历史悠久，对中国文化很感兴趣，我去参观过他们的图书馆，里面藏有大量的线装本书籍，这么多的品种，这么多的版本令我吃惊，而且，这些

与十发先生在美国合影

书放在图书馆里可以让人随便借。要知道，不少古书在我们中国全是文物，属于珍稀孤本。图书馆怎么能拥有这么多？什么来路？我想了半天还弄不懂，到底是他们出铜钿买来的，还是‘八国联军’抢来的？只有天晓得。”

星期天，多多一家陪着十发先生外出旅游。十发先生最喜欢到乡间小镇、大森林或者海边去观光。我们夫妇俩曾有幸陪同他游览那些有着怀旧气氛的小镇以及古木参天的红杉树大森林。这里环境保护得不错，森林里到处是造型奇特的巨树，有些树足足要五六个人才能围抱起来，有的树干中间还出现大空洞，能够开小汽车，树枝却依然郁郁葱葱，足见生命力之强。十发先生调皮地躲在树洞里拍了一张照片，大家都说他像《封神榜》里的姜子牙。在乡间小镇上，有一家肯德基店，我们在那里吃午饭，十发先生问我：“在美国有两个人最出名，侬晓得吗？”我回答不晓得。十发先生解开谜底；“一个老头子，一个老太婆，老头子是肯德基门口的山德士上校，老太婆是巧克力大王，叫西斯凯蒂。”在唐人街游玩时，十发先生还请我们到一家广东饭店吃螃蟹，他对我们说：“外国东西没有中国的好吃，比方说外国的猪肉，

在十发先生的美国家中合影

吃起来有点木乎乎的;外国螃蟹也没有中国鲜,但是经过我们中国厨师烹制,味道就不一样了。"我们还游览过中国庙宇——宝华寺。十发先生说:"在美国,眼睛望出去都是外文,只有在庙宇里才看得见中国文化,我把这里当沙漠绿洲。有些华人看不起中国文化,不就是看不起自己的老祖宗吗?"这时,迎面走来几位剃光头、穿海青的美国和尚,十发先生高兴地笑了:"倒是这几个美国人崇拜佛教,拜中国和尚为师,当上了西洋僧。"

2001年,我和李九松随上海市侨联去访问美国。先到休斯敦,后到旧金山。谁知在休斯敦机场遇到意外,飞机发生故障,连续修理了四次,我们也连续登机四次,最后换了一架飞机,总算平安到达了旧金山。十发先生知道我们到了旧金山,兴致勃勃来看望我们。见面时,李九松向他诉说了休斯敦候机的情况:"一条命拣来的,真吓煞人!"十发先生安慰心有余悸的九松:"不碍的,从休斯敦飞过来,板(肯定)要登四次飞机的,'休斯敦'、'休斯敦'就是要修四次,再要等一等。"几句话,说得大家哈哈大笑,恐惧一扫而空。九松自嘲道:"我也早就想明白了,万一遇上空难,家属倒有好处的,还能拿到一笔美金呢。"十发先生为我们压惊,热情地邀请我们去吃夜宵。席间,他问我:"你们哪天回上海?"我回答:"隔天就走。"十发先生若有所思:"我也想回上海去。"我说:"你在这里不是挺好吗?何必急着回上海?"十发先生回答:"这里大热天不出汗,勿灵的!"

“侬么，王汝刚，王小毛呀！”

2007年元旦，我清晨出门，去华东医院探望程十发先生。自从他病后，我一直很牵挂，尽管公务繁忙，总是忙里偷闲经常去探望他，新岁伊始，更应当向老人家恭贺新年。

我推门走进病室，一阵花香扑鼻而来，室里温暖如春，鲜花怒放，十发先生脸色红润，气息平和，正卧床闭目养神，他的家人陪伴在旁，好一幅颐养天年图。我走上前，轻声招呼：“程先生，新年好！”十发先生反应十分敏捷，立即睁开双眼朝我打量，嘴角边还浮上一丝笑容。“程先生，你还认得我吗？”十发先生点点头，口齿清楚地说：“侬么，王汝刚，王小毛呀！”话音一落，老人家又笑了，他笑得如此灿烂，如此可爱，笑容中充满了率真，甚至有些童趣，活像个返老还童的老小囡。望着大师的笑脸，不禁使我想起两年前一件往事。

2005年8月，我去程家桥探望十发先生，发现他不思饮食，坐卧不安。程助大哥告诉我：“爹爹病情十分严重，但是任凭画院领导和家属的劝说，他就是不肯去医院，真让人揪心。”

事实上，十发先生步入耄耋之年后，健康状况时常发生问题。老年人讳疾忌医是很常见的，对此，他总是自我解释道：“身体好比机器，日子长了自然要老化……”

有一回，例行常规体格检查，十发先生告诉医生，肝胆区有些不舒服。医生经过认真检查，担心地告诉他：“不知怎么搞的，你的胆很小，不容易看见。”十发先生反过来安慰医生：“完全有可能的，因为我的胆在文化大革命中吓掉了。”医生要他动手术，索性把萎缩的胆全部拿掉，十发先生坚持说：“还是不拿好，这个是原装的，不好拿掉的。”后来，医生发现十发先生患有胆结石，又动员他开刀，十发先生回答道：“不妨事，让它养两天，索性养得大一点，拿出来好刻只图章。”

虽然十发先生的健康始终令人担忧，但是，他一直用豁达的态度坦然处之。为了不让亲友操劳担心，有病痛绝不轻易开口。有一阶段，他气喘得厉害，大家着急地问他：“程老，你怎么啦？”他一边喘息，一边开玩笑：“不要紧的，我这叫‘英雄气短’。”

一般男性老人，年迈体衰时，容易生疝气。外科医生为十发先生

本命年，在程家桥寓所画鸡

体检时也发现这种病状，于是动员他手术切除。十发先生并不反对，只是提出要与外科主任谈谈。主任屏退旁人与十发先生谈心，几分钟后，主任医生走出办公室，笑着对陪同十发先生前来的家人说："你们陪程先生回家吧，不用开刀了。"我心中疑惑，十发先生如此神通广大，竟能说服主任医生不开刀？于是找到那位主任医生询问，提起此事，主任医生不禁大笑："这位老人家真有趣，他与我单独谈话时，脸上露出儿童般天真的笑容，他对我说：'医生，如果不开刀行吗？因为我的年纪已大。百年之后，到那里见到我的母亲，她老人家问我，你好端端的身体，怎么弄出伤疤来？一点也不爱惜。我妈妈要不开心的。’”主任医生听罢哈哈大笑，这才暂且免了这一刀。

2002年，十发先生因病住院，做了一次比较大的手术，安装了心脏起搏器。手术完毕，我去看望他，他问我：“你知道有个歌叫《我的中国心》吗？”我说：“知道的，那是香港明星张明敏演唱的。”于是我唱起了这首歌：“洋装虽然穿在身，我心依然中国心……”十发先生听罢调皮地说道：“现在我弄尴尬了，装了这个‘心’是只外国货。看来要向张明敏学习，加强爱国主义教育了。”出院后，十发先生来到沪西程家桥，与大儿子程助一起居住，健康逐渐好转时，看见多时不拿的画笔，不觉又技痒起来，一口气在四尺整张的宣纸上写下了一首打油诗：“今日重回程家桥，风光依旧宅门高。而今借重三板斧，老朽耄矣让尔曹。”

如今，望着果真“耄矣”的程十发先生，曾经担任过厂医的我，感到情况严重，我对程助大哥说：“病人万万拖不得，我把华东医院俞卓伟院长的手机号码告诉你，赶快和俞院长联系住院吧。”程助大哥立即与俞院长通电话，俞院长急切地要求尽快把十发先生送过去。我对十发先生说：“程先生，我知道你现在很难受。但家里没有好的医疗条件可以帮你减轻痛苦，我看你还是到医院去吧。请你放心，大家一定

十发先生晚年与长子程助(右)读画

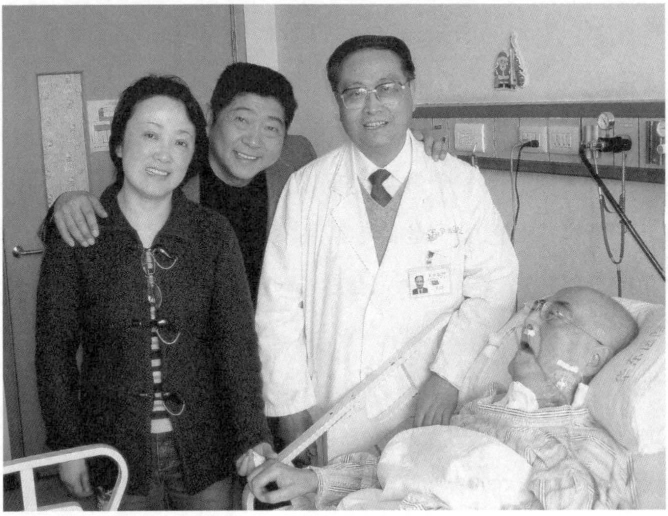

俞卓伟院长陪同我们探望十发先生

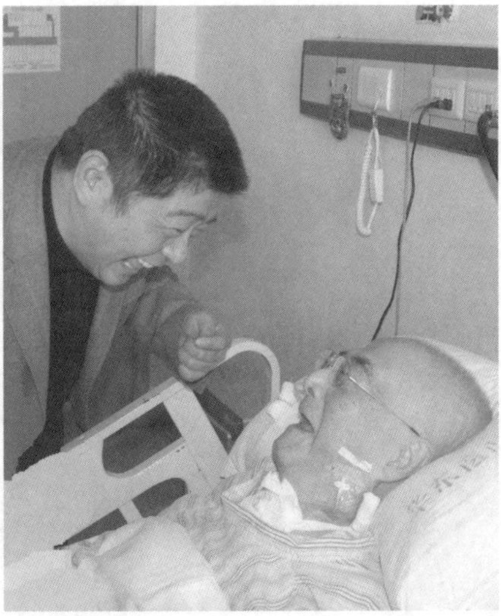

我向病床上的十发先生祝寿

会帮你渡过难关。”十发先生思索片刻，艰难地点了点头。

第二天，程十发先生住进了华东医院。俞院长组织了各路专家会诊，经过医生的精心治疗，半年后，十发先生的病情一度有所好转，偶尔还能下床坐坐。

2007年7月16日下午1点40分，我正在北京参加中央电视台录像。突然，手机显示出一条短信：“舅舅，我外公不行了。”原来这是十发先生的外孙马亮发来的，尽管我知道，十发先生年老体弱，卧病两年，时好时坏，看来总会有生离死别的一天，但此时此刻，唯愿这一刻来得晚一些，再晚一些……

7月17日上午，我匆匆赶到医院时，只见亲朋好友都在门口等候消息，医生和护士正在极力抢救十发先生，紧张而残酷的情景让人窒息。

经过抢救，十发先生原本已经停止了45分钟的心脏居然恢复了跳动。俞院长不敢掉以轻心，召开了单位领导和家属的医疗诊断会。多多兄告诉我，为了抢救程十发先生，俞院长已经三天两夜没离开过十发先生的病床。

直到7月17日中午，医院采取了不少先进的治疗措施，却仍无法改变十发先生昏迷的状态。俞院长双眼一直紧盯心电仪，尽管心电图显示心脏的跳动已经减弱到几乎一条线，但院方仍不放弃抢救。

下午6点58分，俞院长从重症病房出来，对守候在现场的亲友和领导说：“要么就这样了。”此时此刻，俞院长难抑内心的悲伤，却也找不出恰当的语言告诉大家这个不愿听到的消息——一代大师程十发先生永远离开了我们，享年86岁。

这时，守候在门外的亲友们都纷纷进入病房，想见程十发先生最后一面。护士长夏文兰耐心地要求大家赶快退离现场，承诺为程十发先生遗体处理完毕后，再请大家来为大师送行。程助大哥把衣服交给护士长，为大师更换时，才发现了一个意外情况：原来，程十发先生的遗体有些水肿，显得衣服太小，特别是一条裤子，钮子无法扣上，好几个护士一起动手，也无济于事。始终守候在一旁的我突然想起一个风俗：人刚死亡时，大脑神经没有完全停止工作，若是亲友对他说话，他会明白和理解的。于是我大声叫道："程先生，这套衣服蛮好看的，稍稍紧些是吧？不要紧，马上穿好了。"说也奇怪，这样一说，果然一套衣服顺利穿上了。而此时，我却再也忍不住了，躲在一边泪流满面……

不一会儿，病房变成了一个庄重、简朴的告别现场。程十发大师安详地躺在洁白的床单上，一束红紫相映的鲜花，伴随着他远行。此时，市委副书记殷一璀同志等领导赶到病房，强忍悲伤向程十发先生告别。这时候，十发先生的家属早已按捺不住悲痛的心情，情不自禁哭出声来："外公走好"、"爹爹一路走好"……

风已歇，声已宁；人已去，物犹在。在十发先生位于程家桥"三釜书屋"的灵堂里，正中安放着作为遗像的大照片上，只见十发先生围着大红羊绒围巾，戴着黑白格子呢帽，坐在藤椅上跷起腿，仿佛如往常那般，显得自然、潇洒而儒雅，尤其是他的笑——嘴角、眼睛、鼻子……似乎都在开心地舒展着，显现出过人的智慧。这是十发先生的好朋友、老同学、香港著名摄影家简庆福先生拍摄的。那神态，那气质，让我仿佛回到了十九年前初识先生的那一刻，可如今，世间已无程十发，唯有这照片，仿佛残存的记忆，往事历历，在我的眼前挥之不去。凝视良久，我与儿子悦阳用饱含真情的笔草拟了挽联，请十发先生大弟子汪大文女士书写："画坛巨匠留翰墨丹青光照千秋，慈悲长者传仁德聪慧福荫后代。"语虽平凡，却发自肺腑。因为，在我的眼中，与十发先生相遇相知的十九年，是一生中最为珍贵而难忘的美好回忆！在世人眼中，十发先生是国画大师，是艺坛泰斗，而在我这个不会画画的学生眼中，十发先生无愧一个好丈夫、好爸爸、好朋友、好老师……他的睿智聪慧、坚强豁达，乃至慈悲隐忍更令我终身难忘。如今，无力的我只能用这副挽联，再向先生道一声："一路走好！"

"三釜书屋千秋慧业丹青播化真善美，一代宗师四海声名典则长留天地人。"2007年7月22日上午10点，千余人手持黄花，在幽婉缠绵的云南民歌《小河淌水》乐曲中，送别了艺术大师程十发先生。陈至立、胡振民、金炳华、习近平、韩正、龚学平、蒋以任、殷一璀等领导敬献花篮。王仲伟、胡炜、杨定华、宋仪侨等领导亲自赶来送行。

告别仪式大厅布置得简洁幽雅：玉色纱幔环绕，百合花簇拥着先生巨幅画像，花圈、花篮、挽联及来自海内外的唁电唁函，排满了大厅内外。程十发大师安详宁静地躺卧在百合、玫瑰花丛中，身上覆盖着故乡松江的蓝色格子土布。

巨幅照片上的程十发先生，笑容可掬地望着大家，仿佛在说："谢谢，谢谢大家来看望我……"

"谢谢你们来看我"

程十发年表

1921年

4月10日(农历三月初三),程十发出生于上海市松江县城西门外岳庙镇莫家弄。父亲程欣木、母亲丁织勤,为其取名程潼,小名“美孙”,乃祖父程子美之孙含义。据程十发晚年回忆,程氏祖籍安徽,清末移居金山县枫泾镇,代代悬壶济世,在地方上历受称道。后程欣木举家迁居松江,继续行医。

1923年 2岁

从莫家弄住宅搬至松江马路桥西富家弄。富家弄周围不仅多豪门望族,更是传统封建文化与外来殖民文化的交汇处,远近商贾聚市、文人雅集、艺人献艺给年幼的程潼十分深刻的印象。

1925年 4岁

父程欣木行医之余喜好书画,不仅收藏了不少近代画家作品,更结交了不少书画界朋友,对孩提时的程潼产生了潜在影响。尤其是雕花窗棂上的石印任伯年花鸟,更是少年程潼百看不厌的艺术佳品。

1926年 5岁

受同乡张祥河之孙张铸(张定九)启蒙,程潼以《山水入门》等书作为始学范本,悉心描摹,临池不倦,显示了独特的绘画天赋。

1928年 7岁

父欣木公病故,去世时尚不到50岁。从此家道维坚,生活困苦。母亲丁氏为了不让儿子辍学,毅然支撑全局,以秘方治农人“老烂脚”为生,终身不曾改嫁,抚养程潼长大成人。

入白龙潭小学(今岳阳小学)就学。

1934年 13岁

白龙潭小学毕业,就读于松江天主教主办的震旦大学附中(光启中学),该校后划归松江二中。其时对绘画、史地、古文等科情有独钟,成绩较好,而数理化诸科则独缺悟性。少年程潼放学之后常在松江城内四处观看古迹,对京剧昆曲、滑稽评弹等民间文艺也产生了浓厚的兴趣。

程十发夫妇与恩师王个簃(中)合影

1937年 16岁

日寇侵华,松江被炸为瓦砾。停学在家。

1938年 17岁

以优异成绩考入刘海粟创办的上海美术专科学校,就读于国画系。授课老师有王个簃、李仲乾、汪声远、顾坤伯等人。

1939年 18岁

教师李仲乾为程潼取字“十发”,出自《说文解字》:“十发为程,十程为分,十分为寸。”“发”是古量器中的最小单位,老师借此希望程潼永远保持谦虚谨慎的品德。从此“程十发”之名沿用至今。

1941年 20岁

毕业于上海美术专科学校,在上海大新公司(今市百一店)举办第一次个人画展——“程潼画展”。因不愿重复古人,不肯迎合当时社会的审美眼光,画展极为失败。从此失业在家长达五年。其间发愤用功学画,大量临摹故宫藏画珂罗版印刷品及梁楷、陈洪绶、唐寅等人作品,藉以丰富笔墨修养。

程十发夫妇与长子程助(右一)

1942年 21岁

与美专同窗张金锜结为夫妇。张金锜祖籍杭州,出身名门,为著名书画家张子固之侄女。从小受诗书礼仪影响,娴静端庄,雍容大度。为支持丈夫事业,放弃其甚为深厚的吴门绘画基础,从此弃己所爱,治理家务,相夫教子,奉献一生。该年长女出生,取名程欣孙,即程欣木之孙意,后改"孙"为"荪"。

1945年 24岁

长子程助出生,原名程雏雏,因与其父同属鸡,故取"鸡雏"之意。

1946年 25岁

由亲戚介绍,入上海工业银行就职,任秘书。取画斋名为"印造斋",借明代画家文徵明故事以自嘲其"子虚乌有,一无所有"之意。尽管如此,依旧未放弃绘画艺术,业余时间大量创作山水、花卉作品。

1947年 26岁

次子出生,因添一子,故取名程多多。

在松江茸光社举办"程潼画展"。

1949年 28岁

上海解放，受毛主席《在延安文艺座谈会上的讲话》影响，自带铺盖，深入生活，感受天马山农村土地改革运动，大有翻身作主人之感。回沪后创作了第一张反映时事的年画《反黑田》，由生生美术公司出版后引起华东人民美术出版社领导吕蒙同志关注，介绍其进入出版社工作，从事连环画、年画创作。其时与顾炳鑫同桌，两人从此结下深厚友谊。

成为国家干部的程十发精神振奋，积极工作，创作了《野猪林》108幅，《臧大咬子传》112幅，《金田起义》120幅。由于美专求学时期没有人物画科，故而花了很大的力气自学人物画，并独创了一套用传统线描临摹西洋名画的办法，受益颇多。

1950年 29岁

艰辛一生的母亲丁织勤病故，享年53岁。

改斋名为“步鲸楼”，借提倡写生的明代画家曾鲸之名以自勉。

1951年 30岁

创作了192幅连环画《风雪东线》，并将该书稿费捐给国家购买枪炮，以支援抗美援朝。

1952年 31岁

潜心临摹研究丢勒、贺尔拜因、安格尔的欧洲古典人物画，并不断深入农村生活，赴山东省广饶县等地采风，创作了年画《新来的女拖拉机手》，连环画《老孙归社》、《葡萄熟了的时候》、《何细妹》、《火线春节夜》等作品。

1953年 32岁

华东人民美术出版社改为上海人民美术出版社，吕蒙任社长。为响应文化部号召创作新时代年画，绘制了《歌颂伟大领袖毛主席》等作品。另有连环画《冬天和春天》、《毕加索的和平鸽》等。

1954年 33岁

创作连环画《农村青年的榜样》、《东郭先生》、《列宁的故事》，并以夸张的艺术手法绘制了《中国古代寓言故事》插图26幅，形象生动，幽默有趣。是年还创作了工笔重彩年画四条屏《林冲》，并接受外文出版社约稿，开始绘制英文版《儒林外史》插图。历时三年，共得作品一百余件，后精选最佳者20幅定稿出版，书前另有彩墨绘制《吴敬梓小像》一幅。该插图吸取了我国传统线描艺术的长处，并结合西方古典版画艺术技法，是作者插图艺术的杰出代表之作。后获莱比锡国际书籍装帧展银质奖，华东地区书籍装帧设计一等奖。

1955年 34岁

创作连环画《列宁在1918》，参照同名苏联电影的实景，用传统的线描技法表现欧洲人物和战争场景，栩栩如生，开创了线描艺术的新天地。后又以此手法连续绘制了连环画《诚实的列宁》，小说插图《列宁斯大林的故事》等，影响广泛。此外，还大胆采用了西画的技巧和中国工笔画结合的办法，绘制了年画《郑成功收复台湾》。

是年，首次尝试以中国画山水、人物、花鸟写意技法绘制连环画《画皮》获得成功，并在业内产生巨大影响。《画皮》成为其彩墨连环画的代表作，堪称影响几代人的经典之作。此后又为毛主席亲自领导主编的外文小说《不怕鬼的故事》绘制插图多幅，并在《新民晚报》上连载八篇故宫藏画的赏析文章《春灯读画录》。

1956年 35岁

绘制彩墨连环画《姑娘和八哥鸟》以及线描插图《神笔马良》。受到同行"程某人单线不错，复线可能不行"质疑的激励，发奋创作复线连环画《幸福的钥匙》。用细毫小毛笔画出欧洲古典版画的艺术效果，令人叹为观止。

1957年 36岁

组织调动，参与筹建上海中国画院，后一直担任该院画师。同年，创作了连环画《哪吒闹海》、《菠萝飘香的季节》、《十兄弟》、《柳毅传书》等。并为小说《红楼梦》绘制30幅彩墨插图，后选用了12幅出版。

国画《歌唱祖国的春天》荣获首届全国青年美展一等奖。

参加由文化部组织的云南德宏傣族景颇族自治州写生团，找到了一片艺术新天地。在云南创作了大量写生稿，自国画小品《小河淌水》起，画风丕变，造型、线条、色彩等开始凸现浓重的个人风格，进入艺术境界的自由王国。之后又绘制出版了云南题材的彩墨连环画《召树屯和喃婼娜》。

同年，加入中国共产党。

1958年 37岁

精心绘制彩墨连环画《孔乙己》24幅，造型生动，线条爽利，刻画江南水乡风物细腻准确，该作品现收藏于沈阳鲁迅纪念馆。此外还绘制出版了《程十发云南边区写生》画页，年画屏条《金湖边上的情歌》、《蔡文姬》、《红楼梦仕女屏》等。

海瑞的故事(封面)

1959年 38岁

为学者蒋星煜先生的历史小说《海瑞的故事》创作封面及插图。赴北京中国革命历史博物馆，为国庆十周年创作大型金笺工笔重彩通景屏《神圣的一票》，该画现藏于国家博物馆。

是年，改斋名“步鲸楼”为“不教一日闲过之斋”，用以敦促自己发奋创作。

1960年 39岁

在上海中国画院收汪大文、毛国伦为徒。连环画《孔乙己》、《画皮》获得全国连环画评比二等奖。

1961年 40岁

为纪念鲁迅先生八十冥诞，调动童年记忆与积累，尝试用水墨笔法及淡赭色彩创作连环画《阿Q正传一〇八图》，并在《羊城晚报》上连载。该作品用传统文人画特有的写意与抒情笔调，深刻地表达了鲁迅先生笔下阿Q“哀其不幸，怒其不争”的精神实质，被誉为“最能表达鲁迅精神的艺术作品”(周海婴语)，成为其连环画艺术代表作，现收藏于黑龙江省博物馆。此外还绘制了38幅彩墨连环画《亚碧与山罗》等。

同年还为上海科学教育电影制片厂编导的科教片《任伯年的画》撰写电影剧本。

1962年 41岁

为鼓励群众度过“三年自然灾害”困难时期，创作根据曹禺同名话剧改编的连环画《胆剑篇》，并在《新民晚报》上连载。

同年，被列入瑞士出版的《世界版画家名人录》。

1963年 42岁

创作出版《十发小品》一套，并绘制年画屏条《武则天》以及《黄道婆的故事》等。

1964年 43岁

"四清"运动开始，受到政治迫害，被错误开除党籍。虽然遭遇不公，依然勤于笔耕，创作了《红楼梦人物》插图。

1966年 45岁

"文化大革命"开始，受到巨大冲击。身处逆境，仍乐观面对。

1968年 47岁

境况日艰。在接受批判期间，下上海久新搪瓷厂及热水瓶厂进行劳动改造，有意参与脸盆和热水瓶的图案、造型设计，以备日后被迫改行时解决生计。

1972年 51岁

唯趁政治斗争闲暇之余，偷偷作些尺幅极小的国画。时年曾被邀请参加"第36届国际威尼斯双年展"，却因政治问题无法成行。

1975年 54岁

仍处厄境之中，多画出淤泥而不染的荷花以及涉江的屈原，以表达愤懑的心情。

1976年 55岁

闻周恩来总理逝世，创作《伟躯静卧花丛中》及《参天古柏》等作品以寄哀思。粉碎"四人帮"后，思想解放，奋力作画，十年间压抑的创作灵感喷薄而出。绘制大量以嫦娥、礼忠魂、周勃兴汉为题材的作品，抒发获得新生的愉悦以及对老一辈革命家的缅怀之情。同年，为杭州出版的《西湖民间故事》绘制彩色插图，印数高达数十万册，影响深远。

1977年 56岁

获得平反，并恢复了党籍。心情舒畅的画家笔耕不断，呈现出崭新的艺术风格。人物、山水、花鸟各题材佳作迭出。

1978年 57岁

赴广西壮族自治区龙胜县苗族、瑶族等山寨采风，壮族文艺工作者即兴创作歌舞节目"美酒献给老画家"。回沪后绘制了大量瑶族风情人物画。

同年，创作《李时珍采药图》，获上海科普画展荣誉奖。

1979年 58岁

《西湖民间故事》插图获全国书籍装帧展览荣誉奖。此外，《程十发花鸟习作选》由上海美术出版社出版。

1980年 59岁

与夫人张金锜、次子程多多赴四川体验生活，为上海美术电影制片厂创作水墨动画片《鹿铃》人物造型。

赴日本参加由荣宝斋和日本东京西武百货举办的“程十发作品展”，获得巨大成功。

同年，杭州西泠印社出版《程十发书画》画册一套，计有：《山水树石》、《翎毛花卉》、《走兽鳞介》、《滇南塞北》、《历史人物》、《书籍插图》、《舞台艺术》、《书法篆刻》、《红楼故事》九册，按题材集中介绍了程十发从艺40年所取得的非凡成就。

1981年 60岁

与夫人张金锜同赴北京，参加中国画研究院创作活动。和邵宇、黄胄等一起会见智利画家万徒勒里等国际友人。并由人民美术出版社出版大型画册《程十发近作选》。同年，为画室更名“三釜书屋”，并由日本书法家梅舒适先生题写。自称：“三釜者，个人、集体、国家，一人一口锅，符合社会主义分配原则。”

程十发夫妇在杭州西泠印社

1982年 61岁

首次赴美国旧金山，出席由中华人民共和国文化部举办的"现代中国画展"开幕式。

水墨动画片《鹿铃》获第13届莫斯科电影节最佳动画片奖。

1983年 62岁

任杭州西泠印社副社长。

赴北京为中南海紫光阁创作大型布置画《长乐图》、《老梅新枝》、《金丝竹》等。

同年，为著名评弹表演艺术家杨振雄评话本小说《西厢记》绘制插图6幅，书前另绘《杨振雄小像》一幅。

1984年 63岁

任上海中国画院院长，党支部副书记。与夫人张金锜同赴香港中文大学讲学。

1985年 64岁

赴新加坡南洋美术专科学校讲学，介绍自己的从艺历程。赴澳门举办"程十发、韩天衡中国画展"。同年，被列入英国剑桥大学传记中心"世界名人录"。

程十发全家画展，左起依次为长子程助、外孙女马晴、程十发、张金锜、次子程多多、长女程欣荪、女婿马元浩

1986年 65岁

出席香港举办的“现代中国画展览”及研讨会。手书陆机《文赋》全篇，制成六扇屏风，捐赠家乡松江博物馆。

1987年 66岁

赴澳大利亚访问、讲学，介绍优秀的中国画艺术。赴广州出席集雅斋举办的“上海中国画院书画展”。

1989年 68岁

任全国第七届美展中国画评委。参照夫人张金锜当年老宅风貌，于故乡松江方塔公园边亲自设计并建成小楼一座，近处修篁数竿，远处佘山若隐若现，酷似其收藏的王蒙佳作《修竹远山图》，便以此提名为“修竹远山楼”。同年，在“修竹远山楼”完成山水巨作《兰亭修契图》。

1990年 69岁

任吴昌硕艺术研究会会长。

1991年 70岁

个人捐画30幅，折款60万元，买房10套，为画院职工解决住房困难问题。获得“全国先进文化工作者”光荣称号。

“程十发全家画展”在上海美术馆开幕，展出了程十发、张金锜夫妇以及子女程欣荪、程助、程多多，女婿马元浩，外孙女马晴三代人绘画作品，为上海美术界一大盛事。

1992年 71岁

被授予“中华人民共和国文化部先进个人奖”。

1993年 72岁

获第二届“上海市文化艺术杰出贡献奖”。出版《当代名家中国画全集·程十发》。

夫人张金锜突患脑溢血病故，享年75岁。之后归葬松江“修竹远山楼”小院之中。

1994年 73岁

香港《名家翰墨》杂志第48期出版《程十发特集》。

1995年 74岁

先后于澳门市政厅、上海美术馆举办“程十发作品回顾展”，全面介绍从艺55年来各时期国画佳作近百幅。

应邀两度出访日本，并举办学术讲座。专访东京国立博物馆，集中阅读梁楷、牧溪等作品达五次之多。

1996年 75岁

女儿程欣荪逝世，享年54岁。失妻丧女使晚年的程十发受到巨大的精神打击，尽管如此，他依然豁达开朗，毫无条件地向国家捐赠个人历年收藏的宋元明清绘画精品122件，受到上海市政府的表彰。同年，还赴台湾参与文化交流活动，为促进两岸文化的交流合作做出了贡献。

同年，《程十发画集》出版。

1997年 76岁

青年收藏家陆牧涛在刘海粟美术馆举办个人收藏程十发绘画作品展，并出版《程十发(陆牧涛藏品)》1、2集。

赴香港参加“庆祝香港回归十人画展”。不久赴美国旧金山休养，并与媳妇、孙女团聚。之后每年寒冬，身患气喘的程十发都会赴美静养一段时日，还常常邀请国内的好友赴美聚会。

1998年 77岁

应邀赴加拿大首都渥太华，参加“20世纪中国当代绘画展”，并与加拿大总理克雷斯蒂安共同主持闭幕式。同年，在上海举办“程十发捐赠藏画展”。《程十发捐赠藏画集》出版。

我与十发先生在画院成立35周年庆祝酒会上

十发先生在澳门开画展

1999年 78岁

岁末，为迎接新世纪到来，与次子程多多在上海中国画院举办“程十发、程多多父子绘画、摄影艺术展”，藉以希望在新的时代能够做更多的艺术探索。

2000年 79岁

在比利时举办“程十发师生国画展”，并参观访问法国、德国、荷兰。年底，在上海中国画院建院45周年之际，举办“程十发艺术”大展，并出版《程十发艺术》大型画册，全面介绍其从艺60年来艺术轨迹。

2001年 80岁

获“全国第六届年画展荣誉奖”。突患小中风，治疗之后逐渐痊愈，但握笔时间大大减少，更多地在家中静养，并以同儿孙嬉戏为乐。

2002年 81岁

在瑞金医院安装心脏起搏器后，健康略有好转，迁居上海市西郊程家桥新居，取名“三釜老屋”，仍坚持笔耕。无奈年事已高，用笔时常颤抖，却戏称为“精神抖擞”。

2003年 82岁

“非典”时期，不顾年迈，奋力创作四尺整张国画作品《深山采药抗“非典”》，表达抗击非典决心。并创作国画《竹报平安》，捐赠上海市慈善基金会。

同年，参加“桃李情——程十发师生画展”，引起轰动。

岁末，赴上海金山区枫泾镇，参加“程十发祖居陈列馆”开馆仪式。

黄苗子(前右二)、丁聪(中右一)、戴敦邦(前右五)、徐昌酩(前右四)等老朋友祝贺枫泾“程十发祖居”落成

十发先生(左三)82岁生日与友人们在一起

2004年 83岁

任上海中国画院名誉院长。

再度将个人收藏明清字画及个人各时期代表画作共计80幅，捐赠故乡松江，并在上海松江区设立程十发艺术馆。为邓小平同志诞辰100周年创作国画《松柏长青图》以致敬意。同年，人民美术出版社出版《中国近现代名家画集——程十发》大型画册。

创作《梅花小鸟》参加上海中国画院年展。并陪同市委领导参观年展以及"程十发捐赠藏品展"。

2005年 84岁

7月炎夏，为纪念抗日战争胜利60周年，坚持克服年高体弱、手指发颤等诸多困难，全力绘制《岁寒三友图》一幅以表达拒绝战争、永保和平的愿望。该画也成为老人的绝笔。

8月，因病入上海华东医院治疗。

2006年 85岁

卧病华东医院，接受由中华人民共和国文化部、中国文联授予的"造型艺术终身成就奖"。是其一生中最后，也是最重要的一项荣誉。

同年，还获得云南省人民政府特别颁发的"繁荣云南文艺创作杰出贡献奖"。

2007年 86岁

4月10日，在医院度过了87虚岁寿辰，老人精神矍铄，脸色红润，谈吐间思路清晰，妙语如珠。

7月15日13点30分，心脏突然停跳45分钟，经奋力抢救，终于恢复了心跳，创造了一次医学史上的奇迹。

7月17日18点58分，心脏恢复跳动长达50小时后，终因器官老化衰竭，停止了跳动。享年86岁。

7月22日上午10时，程十发追悼会在龙华殡仪馆举行。陈至立、胡振民、金炳华、习近平、韩正、龚学平、蒋以任、殷一璀等领导敬送花篮。王仲伟、胡炜、杨定华、宋仪侨等领导前往送别。上万人不顾酷暑炎热，自发前来送别。追悼会后，程十发骨灰被安放在枫泾祖居之中，一代大师魂归故里。

12月21日上午10时，程十发骨灰在枫泾落葬，一代大师与夫人张金锜、父亲程欣木、母亲丁织勤、祖父程子美安葬于祖居之地。

十发先生晚年在程家桥

2008年

7月16日,"桃李情——缅怀恩师程十发"画展在上海徐汇艺术馆开幕,集中展出程十发弟子汪大文、毛国伦、陈明、曹晓明作品,并出版画册。

7月17日,为纪念程十发先生逝世一周年,上海中国画院举办"大师之路——程十发回顾展",通过展出照片、作品等展现大师一生艺术足迹,并出版同名画册。

8月16日,王悦阳撰写的《程十发的笔墨世界》于"2008上海书展"举行首发仪式。

2009年

2月,王悦阳撰写的《跟程十发品名画》出版。

4月14日,上海松江区程十发艺术馆开馆,全国人大常委会委员长吴邦国题写馆名,上海市委宣传部部长王仲伟出席开馆仪式并剪彩。

2005年春节，十发先生与我们全家吃年夜饭

图书在版编目(CIP)数据

智者十发/王汝刚著.—上海:上海辞书出版社,2009.8
ISBN 978-7-5326-2904-6
Ⅰ.智... Ⅱ.王... Ⅲ.程十发(1921~2007)—生平事迹 Ⅳ.K825.72

中国版本图书馆CIP数据核字(2009)第124411号

书名题词:丁 聪
内封题词:冯 远
图片提供:程 助 程多多

责任编辑:蒋惠雍 徐思思
整体设计:姜 明明 婕

智者十髮

出 版:上海世纪出版股份有限公司 上海辞书出版社
发 行:上海辞书出版社
地 址:上海市陕西北路457号
邮 编:200040
电 话:021-62472088
网 址:www.ewen.cc www.cishu.com.cn
印 刷:上海界龙艺术印刷有限公司
开 本:889×1194 1/20
印 张:8.5
插 页:4
字 数:140000
版 次:2009年8月第1版
印 次:2009年8月第1次印刷
书 号:ISBN 978-7-5326-2904-6/K·640
定 价:30.00元